OBJETOS DE PODER

O RESGATE DO PALADINO

MARCOS MOTA

OBJETOS DE PODER

O RESGATE DO PALADINO

Livro 4

Principis

Esta é uma publicação Principis, selo exclusivo da Ciranda Cultural
© 2024 Ciranda Cultural Editora e Distribuidora Ltda.

Texto
© Marcos Mota

Editora
Michele de Souza Barbosa

Preparação
Walter Sagardoy

Revisão
Maria Luísa M. Gan

Produção editorial
Ciranda Cultural

Diagramação
Linea Editora

Design de capa
Filipe de Souza

Dados Internacionais de Catalogação na Publicação (CIP) de acordo com ISBD

M917r	Mota, Marcos.
	O resgate do Paladino - Livro 4 / Marcos Mota. - Jandira, SP : Principis, 2024.
	224 p. ; 15,50cm x 22,60cm. - (Objetos do poder).
	ISBN: 978-65-5097-132-8
	1. Literatura brasileira. 2. Fantasia. 3. Simbolismo 4. Ocultismo. 5. Magia. 6. Poderes sobrenaturais. I. Título. II. Série.
2023-1757	CDD 869.93
	CDU 821.134.3(81)-34

Elaborada por Lucio Feitosa - CRB-8/8803

Índice para catálogo sistemático:
1. Literatura brasileira 869.93
2. Literatura brasileira 821.134.3(81)-34

1ª edição em 2024
www.cirandacultural.com.br
Todos os direitos reservados.
Nenhuma parte desta publicação pode ser reproduzida, arquivada em sistema de busca ou transmitida por qualquer meio, seja ele eletrônico, fotocópia, gravação ou outros, sem prévia autorização do detentor dos direitos, e não pode circular encadernada ou encapada de maneira distinta daquela em que foi publicada, ou sem que as mesmas condições sejam impostas aos compradores subsequentes.

*Para Michele,
por toda paciência e sabedoria ao cuidar
dos originais desta coleção.*

Agradeço à professora Fernanda Rodrigues de Figueiredo pela ideia de colocar as Moiras como personagens dessa história. Isso não apenas me inspirou a escrever a aventura contida neste livro, como também expandiu o universo de Enigma para um novo patamar com a criação dos Objetos Trevosos.

Obrigado!

SUMÁRIO

Prefácio 11

Parte I
O salgueiro e o lago 15
A aparição 27

Parte II
A viagem 41
Emboscada 55
A tesoura mágica 69
No pântano 82

Parte III
Para o oeste 99
O poder do mito 117
A roca e o fuso 133

Parte IV
Reunidos 145
Amor e guerra 158
Discórdia 170
O esconderijo dos *goblins* 182

Parte V
A câmara do destino 197
A roda da fortuna 210
Réquiem 217

PREFÁCIO

Os diversos **mundos** foram criados por meio do conhecimento juntamente com a sabedoria.

A paz, a harmonia e o bem reinavam entre as raças não humanas, até que uma força cósmica, posteriormente denominada Hastur, o Destruidor da Forma, o maior dos Deuses Exteriores, violou as leis das dimensões superiores e iniciou uma guerra.

Para evitar a destruição de todo o Universo, Moudrost, o Projetista, a própria Sabedoria, dividiu o conhecimento primevo e o entregou, através de sete artefatos, a seis raças de Enigma.

Aos **homens**, a última raça criada, foram entregues as inteligências matemática e lógica. Às **fadas**, habitantes das longínquas e gélidas terras de Norm, a ciência natural. Aos **aqueônios**, a linguística. Aos anões **alados,** habitantes selvagens dos topos das montanhas, a história e geografia condensadas em um único tipo de conhecimento. Aos **gigantes,** os maiores dos Grandes Homens, a ciência do desporto. E aos **anjos,** primeira das raças não humanas, o conhecimento das artes.

A guerra estelar cessou, resultando no aprisionamento dos Deuses Exteriores.

Hastur, porém, conseguiu violar outra vez as dimensões da realidade e se livrar do confinamento, também conhecido como Repouso Maldito dos Deuses. Dessa forma, ele desapareceu na obscuridade, sendo obrigado a vagar pelo primeiro mundo das raças humanas à procura dos Objetos que lhe trariam o poder desejado e a libertação.

O Destruidor da Forma intentava reuni-los como única maneira capaz de destruir Moudrost e implantar o caos e a loucura no Universo. Sua perturbadora fuga ao aprisionamento só foi percebida quando, um a um, os possuidores dos Objetos de Poder começaram a morrer misteriosamente, todos em datas próximas.

Aproximadamente, quinhentos anos se passaram. E, finalmente, seis Objetos foram reencontrados em lugares diferentes do reino. Seus novos possuidores seguem viagem para Corema, a capital de Enigma.

Esta nova aventura narra o encontro desses seis protagonistas e os verdadeiros perigos que enfrentarão para sobreviverem à jornada: o ego de cada um em relação ao poder que possuem.

PARTE I

O SALGUEIRO
E O LAGO

(Duas décadas atrás)

Tempos bons e ruins se alternam sem que o homem possa controlar suas ocorrências. Parco estava certo sobre isto, mas os últimos dias tinham se tornado um inferno devastador, como se a má sorte, o infortúnio e a desolação o tivessem atingido e não o quisessem deixar.

– Por Moudrost! Eu não sou este monstro em quem vocês me transformaram!

A defesa veio por meio de uma voz embargada de choro e lamento. Parco não sabia mais o que falar diante daqueles que, em tese, representariam a justiça para o povo.

– Suas três filhas são cegas. Indefesas. E menores de quinze anos.

– Não é porque não podem enxergar que elas sejam inúteis – o choro permanecia amarrado na garganta de Parco. – Eu e minha esposa, quando era viva, as criamos para poderem lidar com tal deficiência. Mesmo sem os olhos, minhas três filhas são capazes de enxergar melhor do que muitos com visão.

– O relatório da assistente comunitária diz que, mesmo sendo questionado sobre tal imprudência, o senhor se recusou a aceitar seu erro.

– Quantas vezes terei que repetir que não errei em nada? Minha irmã não chegou a tempo naquela manhã para ficar com as meninas. Se eu não trabalho, não tenho como colocar comida na mesa para elas. E foram apenas poucas horas de uma manhã. – Parco voltou seu olhar para a assistente comunitária, ele sabia que era uma questão mais pessoal que jurídica. Estava-se usando uma lei absurda, que generalizava muitos casos complexos para acusar de criminoso um bom homem. – Elas são capazes de se virar melhor do que muita gente que enxerga, senhor. Não ficarei repetindo isso.

– A lei é clara. Crianças cegas com menos de dezesseis anos não podem ser deixadas sozinhas em casa ou em qualquer outro lugar.

– Cloto tem quinze anos e sabe se virar muito bem. Láquesis e Átropos já completaram doze anos. Elas são as crianças mais espertas que já vi. E não é porque são minhas filhas. São excelentes fiandeiras, manuseiam a roca melhor do que a tia, ou a mãe quando viva, e produzem roupas surpreendentes que vestem a cada um conforme o que necessitam. Senhor juiz, com todo respeito, na prática, essa lei não faz sentido algum em relação à minha família. Ela é genérica e não representa a realidade dos fatos. É uma lei injusta, ou no mínimo, parcial. Veja! Eu tenho criado minhas filhas por longos anos. Isso já seria o suficiente para ser levado em consideração. É uma verdadeira humilhação eu precisar comparecer aqui para defender minha honra como pai.

Átropos soltou um "papai" na forma de gemido profundamente melancólico e se agarrou à cintura de Parco. Suas irmãs se agitaram num frenesi de assombro. Certamente elas não podiam enxergar o juiz e a assistente através de órbitas oculares, mas podiam sentir o rancor deles em seus corações.

O semblante do juiz se enrijeceu. Ainda que ele, no fundo, achasse plausível a argumentação de Parco, seu orgulho falava mais alto. O público presente começaria a questionar várias outras leis, caso ele admitisse que aquela, em particular, não fora bem elaborada.

Houve um recesso no julgamento de Parco. O dia seguinte seria decisivo, mas em seu coração Láquesis sabia: elas seriam arrancadas do convívio com o pai.

O que fazer? A assistente comunitária e o juiz não tinham apenas a lei injusta a favor deles como também o poder da pena para assinar a sentença como bem desejassem seus corações. E fariam tudo justificando-se pela lei.

Enigma vivia dias sombrios. O rei não reinava, o povo sofria, os povos não eram capazes de se unir como nos dias de hoje. Então, a única solução a que Parco pôde recorrer foi fugir para bem longe de sua cidade com as três filhas durante aquela maldita e tenebrosa noite.

Embora arrumar sacos com roupas e seus pertences fosse uma tarefa demorada para as meninas cegas, naquele momento, com a ajuda da tia, tudo ocorreu de maneira acelerada. Parco deu uma última olhada para seu tabuleiro de xadrez sobre a mesa. Ele era um excelente jogador. Não resistiu. Juntou as peças e lançou tudo dentro de outro saco. Seria seu vínculo com o bom passado que tivera naquele lugar até o falecimento de sua esposa e o surgimento daquela assistente social.

Assim que o sol se pôs, a carroça com os quatro integrantes da infeliz família rumou para o norte. Saíram de mansinho para não chamarem a atenção e evitaram pegar a estrada principal para não serem vistos.

Precisariam deixar para trás as boas lembranças e os longos anos que viveram felizes em sua cidade natal. Tudo por causa de um instante, de uma manhã. Tudo por causa de uma mulher maligna, que se enfezara com a vida deles.

Suas vidas se tornaram sombrias como a noite na estrada deserta que percorriam. Uma noite sem estrelas em uma estrada desamparada.

Após três horas de viagem, Láquesis começou a sentir-se mal. Fortes dores de cabeça a faziam gemer e estrebuchar. Somado ao sacolejar intenso do veículo assim que adentraram um terreno irregular e pedregoso, prosseguir com a filha naquele estado se tornou praticamente impossível.

Para seu espanto e também alívio, Parco avistou uma linda e pequena casa de madeira a distância. Uma verdadeira visão do paraíso para viajantes que se encontrassem numa situação delicada como a deles. Certamente, poderiam fazer uma parada e pedir auxílio. Que boa surpresa!

Um frondoso salgueiro negro com suas folhas curvadas para o solo se erguia majestoso e altivo ao lado da habitação. Ao se aproximarem, mesmo no escuro, por causa do reflexo do luar, perceberam um enorme lago ao fundo.

Uma velha senhora vestindo um manto encapuzado os atendeu, quando bateram na porta. Havia um sinistro brilho em seu olhar, que não pôde ser percebido por Parco, com seu raciocínio e percepção concentrados na dor da filha.

Observando com curiosa astúcia os gritos da menina sobre a carroça, a velha entrou na casa dizendo ir buscar medicamento, mas não retornou.

Impaciente com a demora, revoltado, o pai acendeu o fogo de um archote e invadiu a casa à procura de uma solução para seu problema. Lá de dentro, os gritos de sua filha podiam ser ouvidos e, para seu horror, o interior da habitação não condizia com a bela aparência externa da casa.

Mofo e decadência pairavam em cantos escuros. Uma atmosfera de desolação e abandono preenchia os aposentos. Uma escada conduzia para o subsolo, mas terminava em uma escuridão densa e igualmente assustadora.

Quando a valentia pela procura de algo que pudesse cessar a dor de sua filha foi substituída pelo medo, Parco percebeu que não ouvia mais os gritos de Láquesis ou qualquer outro som. Todo tipo de ruído cessara.

O que ocorrera lá fora? Por que Láquesis não gemia mais de dor? Que lugar amaldiçoado parecia aquela casa por dentro!

Parco começou a sentir a emanação de uma força medonha vinda da escada. Uma energia abismal como odores sepulcrais, de um modo sinistro, parecia preencher a atmosfera da casa.

Ao voltar-se para a direção de onde viera, o pavor dominou todos os sentidos do pai das meninas cegas. E para aumentar o terror que sentia, na tapeçaria que pendia na parede oposta à entrada da casa, um desenho infame e monstruoso foi revelado pela luz de seu archote.

Três mulheres muito velhas e de semblantes carcomidos como o de defuntos formavam a singular e terrível imagem. Elas faziam menção às filhas de Parco, uma vez que só possuíam pele ressequida no lugar onde deveriam estar as órbitas oculares. As três monstruosidades, com os corpos putrefatos, desenhadas na tapeçaria, assentavam-se em pedras numa caverna onde no piso se desenhava um enorme tabuleiro de xadrez. A primeira segurava um fuso, a segunda manejava uma roca e a terceira empunhava uma tesoura, a fim de cortar o fio utilizado na tessitura.

Com o coração palpitando, Parco correu para fora da casa. E, para seu assombro, a carroça encontrava-se vazia. Suas filhas não estavam mais lá.

Ele gritou seus nomes com agonia e desespero, mas não obteve resposta.

Os galhos do salgueiro negro se agitaram com o soprar de um vento gélido, arrastando inúmeras folhas de seus locais de queda. Inquieto, porém consciente de seu desvario, Parco avistou o fuso de Cloto caído no chão.

Com o coração palpitando, como uma ave agitada segundos antes de ter uma artéria rompida pela extrema excitação, Parco pegou o objeto e percebeu que um fio se enroscava a ele. Não era um fio de lã, de algodão ou linho. Assemelhava-se mais a uma teia de aranha, porém com sinais de vida. Uma estranha linha que brilhava toscamente, fazendo com que ele lhe sentisse o pulsar. Vida parecia fluir através dela.

Segurando o fio, uma mão após a outra, ele acelerou os passos para ver onde terminaria. Parou à beira do lago e gritou, novamente em vão, o nome das filhas. Alguns de seus pertences achavam-se esparramados no chão, como se tivessem caído da bolsa que uma delas provavelmente carregara ao passar por ali.

Convicto de que as encontraria e desvendaria tal mistério, continuou correndo, se agarrando à teia mágica até que seus pés se molharam, parando à margem da imensidão líquida à sua frente. O fio se estendia, afundando-se nas profundezas das águas negras e repulsivas do lago.

Outra vez, Parco gritou o nome das filhas, desta vez enlouquecido e com um choro copioso de quem começa a perder as esperanças.

No frio, o homem passou a noite em claro, chorando e gemendo de desespero pelo que pudesse ter ocorrido às filhas desaparecidas. Ele retornou várias vezes à casa do lago e, ao amanhecer, percebeu que não havia nada de belo na habitação. Era uma casa abandonada. Concluiu que na noite anterior fora enganado pela própria emoção, ao ver Láquesis pranteando na carroça. Aquele não era um local de refúgio.

Por fim, Parco retornou à margem do lago onde o fio submergia e, para seu assombro e dor dilacerante, encontrou três corpos boiando com as faces viradas para baixo.

* * *

– Pare, Huna!
– Mas por quê? É agora que vem a parte mais assombrosa.

A fada negra encarou o amigo com diversão. Ela sabia que todos sentiam medo ao ouvir a história de como o Pântano Obscuro se formara há, aproximadamente, quinhentos anos.

– Eu não quero saber.
– Vicente!? – os lábios de Huna, juntamente com seu olhar, formaram o sorriso mais belo que o garoto poderia vislumbrar em Enigma. – Você só foi convidado a vir comigo porque não é seguro para uma garota viajar longas distâncias sozinha, e você é o amigo mais corajoso que eu tenho.

– Eu sou seu único amigo.

A fada vacilou ao tentar negar.

Minutos atrás, eles cavalgaram um bom tempo de Corema até chegarem à beira do atoleiro. Haviam deixado seus cavalos arreados nas cercanias e agora descansavam.

Como sempre acontecia, a narrativa de Huna encantou Vicente. Ele teria seguido com ela até ali, mesmo que não houvesse motivos para estar presente. A simples companhia dela o alegrava.

– Venha! Não viemos aqui para passar o dia conversando.

Ela se levantou e começou a caminhar percorrendo as margens do terreno alagado.

– O que estamos procurando, afinal?

– Algo pelo qual estou disposta a passar o resto de minha vida à procura, se for necessário...

– O resto da vida seria muito tempo, caso você consiga viver tanto quanto Morgana.

Huna virou para o lado, riu e deu uma cotovelada em Vicente.

– Pare com isso! Minha mãe não é tão velha assim. O garoto queria dizer que "pelo menos é o que Morgana aparenta". Contudo, não pretendia, de forma alguma, magoar a amiga.

– Temos apenas dezesseis anos. O que eu quis dizer é que temos muito tempo pela frente.

– Eu não! Enquanto não encontrar certo objeto.

Vicente deu de ombros. Ele estava ali apenas pela presença de Huna, fosse qual fosse o motivo. Ele queria ser mais que amigo da fada, mas esta nunca dava brechas para que a coisa acontecesse.

– Veja! – exclamou a garota, entorpecida pelo que acabara de avistar – O salgueiro negro.

– Ele sobreviveria por todos esses anos!?

Um frio percorreu as entranhas de Vicente, embora ele não tivesse deixado transparecer em sua fisionomia. Aquilo só podia ser uma coincidência.

Confuso, ele coçou a cabeça e acelerou os passos, a fim de alcançar a fada que corria logo à frente para chegar até a árvore.

A jovem Huna nascera em Corema, capital de Enigma. Desde pequena, como reza a tradição das mulheres encantadas, ela aprendera sobre a maldição que pesava sobre sua vida. Seu amigo nada sabia sobre isso. Então, determinada, assentou em seu coração que não cessaria até encontrar o Objeto de Poder de seu povo, capaz de anular tal sina.

Os galhos do salgueiro moviam-se densos e imponentes, curvavam-se em direção ao solo como os cachos do lindo cabelo da fada batendo-lhe nos ombros.

– Por que você me trouxe a este lugar? Por causa da lenda das irmãs cegas?

Ela não respondeu.

Com muita atenção, investigou com as mãos o tronco do salgueiro, dando voltas ao redor dele. Não encontrou, entretanto, nada de estranho.

Vicente pareceu perder um pouco da paciência com a postura indiferente da amiga.

Huna tirou uma folha de papel do bolso de sua capa e ficou olhando para ela.

– Vai me responder? – perguntou Vicente.

Como não fizesse o menor sinal de que fosse dar atenção para o amigo, ele então a puxou com rapidez na direção de seus braços e protagonizou algo que há tempos desejava fazer: lascou um beijo na boca da fada.

Huna se lembraria para o resto de sua vida daquele gosto doce em seus lábios, da textura da pele de Vicente e da força nada exagerada que ele usou para que os dois corpos se encontrassem em um abraço.

Contudo, ela sabia que dentro de poucas horas seu melhor amigo morreria, caso ela se manifestasse favorável àquela atitude.

– Não! – disse, desvencilhando-se dele – O que você pretende com isso?

Ele a observava envergonhado.

– Nós somos apenas amigos, Vicente. Entenda de uma vez por todas, ou nem mesmo isso seremos de agora em diante.

Com os olhos marejando e cheios de decepção, ele só conseguiu dizer "Desculpe-me, Huna".

A fada lançou novamente o olhar para a folha que retirara do bolso. Sua mente, porém, ainda se encontrava presa àquele beijo roubado.

Quando pequena, ela sempre ouvia sua mãe dizer que "um beijo roubado é o melhor que pode existir". Isso porque as fadas não poderiam tê-lo de outra maneira. Ainda assim, Huna achava demasiadamente romântico: um beijo roubado. Pensou no fato de que há um bom tempo não ouvia mais Morgana falar sobre isso. Será que aconteceria o mesmo com ela, quando ficasse mais velha? Huna foi invadida outra vez pela certeza de que precisava quebrar a maldição das fadas.

– Venha, ajude-me com isso!

A vergonha e o sentimento de culpa que começavam a contaminar a mente do garoto foram interrompidos pelo chamado da amiga. Embora não pudesse demonstrar que também estivesse apaixonada, Huna apenas tratou de deixá-lo à vontade em relação ao que acabara de fazer.

– Uma mulher do meu povo, há quinhentos anos, construiu um objeto. Ele se perdeu e nunca mais foi encontrado – Vicente a escutava com seriedade. – Eu acredito que ele esteja em algum lugar deste pântano.

– É o que procura? Um objeto que se perdeu há quinhentos anos?

A fada assentiu com a cabeça.

– Você está de brincadeira, não é?

Vicente fez a pergunta porque, inicialmente, achou que aquela história era apenas uma forma disfarçada de Huna quebrar a tensão que se formara minutos antes entre eles. Huna sempre fora uma grande contadora de histórias.

– Não! Lógico que não estou brincando. E eu sei que deveria ter contado a você quando saímos da cidade. Mas, acredite, tal objeto existe. Tem que existir.

O jovem riu.

— Pare com isso, Vicente. Eu estou falando sério — disse ela, embora também se juntasse ao riso do amigo.

— Huna, você está falando de um objeto... que foi construído muito tempo atrás. Como ter certeza de que ele tenha sobrevivido aos anos? Em um pântano como este, seria como procurar uma agulha em um palheiro.

— A propósito, são varinhas mágicas. Então, seria realmente como procurar agulhas em um palheiro.

Diante dos olhos do amigo, a garota estendeu a folha que trazia nas mãos.

— Nos livros das fadas encontramos a história de Lilibeth e da fabricação desse Objeto de Poder. Eu pesquisei sobre a história das irmãs cegas em outro livro na biblioteca da capital. Um livro escrito por anões alados. Ambas as histórias são reais. Você precisa acreditar em mim. Não ria.

Vicente olhou para o lago tentando disfarçar.

— Você não me deixou acabar de contar a história, mas tudo bem. A velha apareceu para as irmãs, enquanto Parco investigava a casa do lago. Ela lhes deu um novelo. Mas não se tratava de um novelo qualquer, sua linha era mágica e fez cessar imediatamente a dor que Láquesis sentia, ganhando assim a confiança das cegas. A velha senhora as conduziu para longe do salgueiro negro e da casa, levando-as para dentro das águas escuras e profundas do lago.

Huna tratou de vasculhar o rosto de Vicente. O riso havia desaparecido.

— Sim. Foi dessa maneira que elas traiçoeiramente se afogaram. E com a linha mágica do fuso — Huna olhou para os galhos da árvore sob a qual se encontravam —, Parco tirou sua própria vida.

O vento balançou a folhagem do salgueiro, enquanto o garoto, com a face tomada pelo terror causado pelo desfecho da história, permanecia a observar as pequenas ondas provocadas na superfície escura do lago.

— Qual a ligação entre as duas histórias, Huna? O que nos trouxe aqui?

— As histórias possuem muito em comum. Lilibeth, a fada, teve sua criança arrancada de seu seio; Parco, suas filhas. A fada enlouqueceu no final de sua vida; o mesmo ocorreu com o pai das meninas cegas. A cidade de Matresi tornou-se um lugar assombrado; veja o que temos hoje aqui: um pântano estéril. Toda a condenação na vida de Lilibeth aconteceu devido a uma mulher, Valquíria, sua sogra, que não era capaz de dividir o amor de seu filho com outra mulher. A condenação de Parco também veio por uma mulher, a assistente comunitária. A história conta que, logo que a mãe das meninas morreu, a assistente tentou seduzi-lo, mas ele a rejeitou, fazendo-se acender a ira no coração da mulher. Mas não são as coincidências que ligam as narrativas. Não! Quando a cidade de Val foi tomada pelos *surfins,* Valquíria conseguiu fugir. A história de Lilibeth termina o relato sobre a mãe de Atoc exatamente nesse ponto. Já no livro, onde encontrei a história de Parco, algo curioso é narrado. Uma mulher de feições e modos semelhantes aos de alguém da realeza habitou a casa do lago junto com um *goblin*. Dizem que chegaram ao local fugidos das guerras do nordeste de Enigma. Ela fora enfeitiçada por aquele ser maligno, transformada em uma bruxa de aspecto rude e repugnante. No livro, a narrativa revela que a mulher carregava consigo "o coração do anjo", um objeto contendo um poder enorme, capaz de livrá-la da condenação em que o *goblin* a colocou. Contudo, tal poder ainda não tinha sido despertado. Para que isso ocorresse, seria necessário um sacrifício. Foi esse o motivo pelo qual toda a tragédia com as meninas ocorreu.

    A pele negra de Huna adquiriu um brilho maravilhoso naquele instante. Os raios oblíquos de sol incidiam sobre o casal, aquecendo-os de toda a frieza imposta por aqueles trágicos relatos. O paraíso ressurgia todas às vezes nos olhos de ambos, quando ela se dispunha a narrar para ele uma história. E isso encantava cada vez mais o garoto.

    – Tem certeza de que você não é uma anã alada?

    A fada sorriu em resposta.

    – Talvez este seja um dom oculto das mulheres de seu povo – continuou ele.

– Eu me pareço uma anã alada?

– Já ouvi falar delas, mas nunca vi uma. Então...

Huna percebeu o brilho da paixão se acender novamente nos olhos de Vicente e tratou de cortar o assunto. Contudo, antes mesmo que falasse algo, ao se voltar na direção oposta à do amigo, sua alma foi assaltada pelo medo.

A figura de uma mulher encapuzada, oculta sob um manto negro, arrancou-lhe um grito. Semelhante a um fantasma, a mulher se posicionava logo atrás de Huna. Nem mesmo Vicente a vira chegar.

Ela se parecia com a bruxa da cabana descrita nos contos narrados pela fada.

A APARIÇÃO

Primeiro o salgueiro à beira do lago, depois a presença daquela velha, vinda do nada. Definitivamente, Huna e Vicente estavam aterrorizados. O sangue parecia ter parado de correr em suas veias e artérias. A palidez deixou lívido até mesmo o tom escuro da pele da jovem.

O casal deu um passo para trás e tropeçou nas raízes expostas do salgueiro, quase tombando. Vicente segurou a cintura de Huna após o brusco e inconsciente movimento provocado pelo susto. Não queriam acreditar no que viam.

– Uma rainha e um rei.

Ainda se recuperando do pavor causado pela aparição, os jovens não conseguiram fazer nada mais do que olhar fixamente para a estranha mulher e deixá-la falar.

– Vocês estão longe de casa. O que os traz aqui?

Havia sombras de traição nas maneiras da velha, que deu um passo na direção deles.

Huna e Vicente retrocederam. Como aquela mulher chegara até eles sem ser percebida? A fada concluiu que algo sobrenatural acontecia naquele lugar.

– Não tenham medo. Eu sou apenas uma velha solitária que mora às margens do pântano. Eu adoro quando me fazem visitas.

Huna apertou a folha de papel que trazia consigo, amassando-a, de tão nervosa. Detalhes daquelas histórias antigas de Enigma a levaram até aquele lugar. Eventos sinistros começavam acontecer e sua Visão de fada tentava lhe dizer algo, porém ela ainda era jovem demais para conseguir discernir com precisão a mensagem proveniente de seu dom.

– O que buscam? – continuou a mulher, desta vez voltando-se para Vicente – Amor? Posso lhes assegurar que as mais belas histórias de amor não possuem finais felizes – riu.

– Qual é seu nome?

De maneira ousada, as palavras escapuliram da boca da jovem.

– Como chegou até nós sem ser notada? – perguntou Vicente, encorajado pela iniciativa da amiga.

– A conversa entre vocês parecia tão interessante que não perceberam meus movimentos lentos e silenciosos. Oh! Não tenham medo. O que uma velha senhora do pântano poderia fazer de ruim? Eu moro neste lugar há muito tempo – a última declaração saiu de forma arrastada de sua boca. – Acredito que a vida me trouxe para cá a fim de ajudar os caminhantes que se perdem por estas paragens. Muitos que passam por aqui necessitam de ajuda. E vocês? Do que vocês precisam?

– Estávamos apenas passeando – respondeu Vicente, puxando delicadamente sua amiga para o lado, em uma atitude de defesa, caso algo de ruim viesse acontecer a eles. – Foi muito bom conhecê-la, agora precisamos ir.

Huna não questionou a reação do amigo, dando dois passos para trás e demonstrando a intenção de partir.

– Tão cedo? – rebateu a velha.

De forma estranha, o sol pareceu declinar mais rápido do que o comum. Os jovens perceberam que uma nuvem os encobriu, projetando uma longa e densa sombra sobre a região do lago.

A brisa que soprava preguiçosa se intensificou, transformando-se em um vento violento capaz de gelar a alma. Tudo muito rapidamente para ser natural.

– Você sabe o que deve ser feito, minha rainha – gritou a velha, antes que Huna se afastasse o suficiente. – Você foi trazida até aqui para quebrar a maldição. Vidas nobres não devem permanecer por tanto tempo aprisionadas. Faça o que tem que ser feito.

Embora tivesse escutado e compreendido todas as palavras da velha senhora, Huna fingiu não se importar com ela, enquanto corria ao lado de Vicente, rodeando as margens do lago. Correram como se fossem caçados por matilha de cães raivosos, debatendo-se nos galhos retorcidos das árvores que muravam a região alagada.

Quando pararam e olharam para trás, perceberam que não tinham sido seguidos, que não havia ameaças ou mesmo terrores capazes de alcançá-los. Buscaram com os olhos a margem distante onde minutos antes estiveram de pé na frente da mulher. Encontraram apenas o salgueiro negro com as folhagens balançadas pelo vento.

– O que foi aquilo, Huna? Que tipo de brincadeira é essa para a qual você me convidou? O que está acontecendo?

A fada encarou o amigo com receio. Ele continuou esbravejando.

– Sobre o que aquela mulher estava falando? Eu nem mesmo consigo acreditar que ela seja real.

– Uma maldição foi lançada sobre as mulheres de meu povo, Vicente.

O jovem forçou-se a restaurar a ofegante respiração, com intuito de escutar a amiga.

– Valquíria amaldiçoou Lilibeth e sua descendência, antes de fugir com o *goblin* para esta região. Você nunca se perguntou por que nenhuma fada tem pai?

Confuso, Vicente demorou a responder.

– Você é a única fada que conheço, Huna. Você e sua mãe.

– Mesmo que alguém se apaixone por nós, não podemos jamais corresponder. A mínima manifestação de reciprocidade faz com que nosso amado morra em poucas horas.

O garoto ficou ainda mais confuso, lembrando-se dos vários momentos em que tentara se aproximar da amiga e do beijo que lhe roubara naquela manhã.

E se a recusa de Huna, seu afastamento, fosse simplesmente por causa de tal maldição? E se a fada o amasse? Huna falava sobre uma maldição. Como saber? Vicente estava confuso.

– Essa é mais uma de suas histórias – respondeu o garoto em sinal de negação.

– Você não acredita em mim, não é? Vicente, eu estou sendo sincera com você. Preciso encontrar o Objeto de Poder para quebrar tal maldição – notando a permanente incredulidade no olhar do amigo, ela prosseguiu. – Você viu aquela velha com seus próprios olhos. Aquilo só pode ser um fantasma.

– Como pode ter certeza de tudo isso?

Huna olhou para o céu, que estranhamente havia se fechado.

– Onde, então, está aquela senhora? Aqui neste manuscrito diz que maldições serão quebradas. Ela gritou para mim algo sobre maldição. Todas nós precisamos de libertação. Eu preciso fazer o que vim fazer...

Huna entregou a folha de papel para o amigo e se pôs a procurar um galho firme de árvore. Ela precisava fabricar nove varinhas.

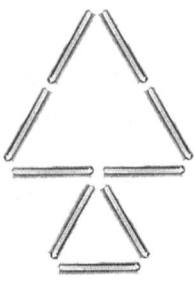

– Isso parece uma charada – disse Vicente, coçando a cabeça à medida que lia. – Os dois triângulos precisam ser transformados em três, mexendo-se apenas duas varetas construídas a partir do galho de uma árvore que "se alimente" das águas do lago. – Após um tempo de reflexão, o garoto concluiu: – Isso é um feitiço.

– Não. É um contrafeitiço.

Com um galho em mãos, a fada riscou no chão um círculo ao seu redor.

– Como pode acreditar nessas coisas, Huna?

– Eu não tenho opções, Vicente. As duas histórias se casam perfeitamente. Se Valquíria realmente migrou para cá e foi amaldiçoada pelo *goblin*, tanto seu espírito quanto os da família de Parco estão à procura de descanso. A quebra da maldição será benéfica para todos.

O jovem manteve-se com dúvidas quanto aos atos de Huna, mas preferiu não se manifestar. Conhecia a amiga o suficiente, e sabia o quão determinada, teimosa e impulsiva era ela.

– Tome.

– Eu não preciso disso – respondeu a fada, quando Vicente tentou devolver-lhe o papel com o contrafeitiço.

O garoto espiou ao redor como que preocupado, esperando ser surpreendido novamente pela velha ou qualquer outra presença furtiva. Ele ainda não estava certo de que Huna devesse fazer aquelas invocações sugeridas na folha. Vicente recebera uma educação diferente de Huna. Ainda que acreditasse nas forças sobrenaturais, em deuses e demônios, ele sabia que toda cautela era pouca, em se tratando de "mexer" com o sobrenatural.

– Deixe isso pra lá, Huna – manifestou-se, numa última tentativa de fazer a amiga mudar de ideia.

Como sempre, recebeu indiferença em face do silêncio.

Vicente desdobrou a folha de papel, observando o estranho desenho. O mesmo que foi montado com varinhas de um galho de árvore por Huna dentro do círculo feito por ela no chão. Calado e pensativo, ele tentava encontrar a maneira correta de transformar os dois triângulos em três, movendo apenas dois traços.

Huna acendeu uma vela, retirada do bolso de sua capa e a colocou, apoiada por pedras, no vértice superior do triângulo menor. Mesmo soprando com certa intensidade, o vento não apagava a chama.

Vicente sentiu um calafrio, mas manteve-se imóvel, apesar da inquietação interior.

– Espírito do ar, complacente e generoso...

Huna se encontrava de joelhos dentro do círculo mágico, pronunciando aquela estranha frase decorada. Vicente percebeu que as palavras estavam escritas na folha de papel que segurava.

– ... quebre a maldição e traga justiça. Revele da escuridão o objeto poderoso, e inicie o desfecho dessa história agonística.

Aos olhos dos jovens, nada pareceu ocorrer. Então, a fada girou as duas varetas que formavam o vértice superior do triângulo maior, movendo-as de ponta-cabeça na direção da vela. Imediatamente três triângulos se formaram. Todos do mesmo tamanho com um vértice comum exatamente onde a vela fora colocada.

Um trovão ouviu-se e a claridade do céu se esmoreceu ainda mais. Gotas de chuva começaram a cair suaves.

Incrédulo, Vicente começou a ficar temeroso. Não imaginara que aquele seria um dia chuvoso. Não até aquele momento. Huna olhou, também com descrença, para o céu que se tornava cada vez mais sombrio.

– Espírito do ar, mostre-me onde está o objeto! – gritou.

Vicente se assustou com a trovoada que, como uma resposta da natureza, seguiu após o grito da amiga.

– Mostre-me. Liberte as mulheres aprisionadas pela maldição!

– Huna, vamos embora daqui.

A fada apenas olhou para o amigo sem nada dizer.

— Essa brincadeira já está indo longe demais. Você não compreende? Eu não me importo com qualquer tipo de maldição. Eu te amo mesmo assim e estou disposto a morrer por você, se for preciso!

Quando o jovem ameaçou avançar para dentro do círculo mágico, a menina estendeu as mãos abertas para frente, sinalizando para que ele não o fizesse.

— Existe algo de errado por aqui, Huna. Coisas boas trazem paz e tranquilidade... e não é isso que estou sentindo agora. Maldições não são quebradas com invocações de espíritos, mas com atitudes. Vamos embora!

De repente, um tremor começou a sacudir o solo. As águas do lago se agitaram como se fossem saltar para fora dos limites impostos pela gravidade.

Embora concordasse com o que acabara de escutar do amigo, a fada relutou em sair dos limites do círculo desenhado na terra, mesmo com o tremor do solo.

Vicente largou a folha e estendeu a mão para Huna. Achavam-se a poucos metros de distância um do outro, mas era como se um abismo se fizesse entre eles, materializado pela linha circular.

— Por favor, me dê sua mão. Não podemos ficar aqui.

As órbitas dos olhos de Huna moveram-se lentamente da imagem amedrontada de Vicente para a superfície turbulenta do lago. Algo inquietante ocorria sob as águas, revelando-se aos poucos de maneira abominável e trazendo à superfície todos os corpos putrefatos do fundo do lago, como um túmulo profanado à luz do dia.

Um redemoinho central se formou e as águas começaram a ser drenadas para dentro dele.

A chuva ficou mais forte e o vento se manteve intenso.

A vela no centro dos três triângulos apagou-se e, como o terreno tornara-se mais alagado, os pés de Huna começaram a afundar na região interna do círculo mágico, agora sem a marcação de seus limites no solo.

Se não fossem as mãos de Vicente, agarrando seus braços, dificilmente ela conseguiria sozinha arrancar seus pés da lama e sair daquele círculo macabro.

– Acabamos por hoje. Vamos dar o fora daqui!

Hesitante, a fada deixou-se puxar pelo amigo. Então, começaram outra vez uma corrida desesperada, desta vez para longe daquela região assombrada.

Percorreram uma longa campina, enquanto a chuva diminuía e as nuvens voltavam a revelar o esplendor do sol.

Ambos tiveram certeza de que tais mudanças climáticas não eram normais.

Aos poucos já não ouviam mais o ruído das águas revoltas do lago. O sol brilhava novamente no céu e já não havia nuvens escuras e carregadas de chuva.

Os cavalos permaneciam amarrados a um tronco de árvore, serenos como tinham sido deixados horas atrás. O terror parecia apenas fruto da imaginação do casal, mas seus corações ainda batiam descompassados e acelerados.

– O objeto ficou para trás.

Vicente abraçou a amiga.

– Não existe objeto, Huna.

– Você não quer acreditar.

Ficaram pensativos. Olhavam um para o outro. Ele aquecendo-a nos braços, ambos com as roupas ensopadas.

– O que quer que tenha acontecido ali, não foi algo bom. Acredite.

A jovem temeu concordar, mas em seu coração ela sabia que tinha feito algo errado. Ela se enganara, embora tivesse convicção de que algo mágico repousasse sob as águas do lago. Era possível que o contrafeitiço não fosse algo contra a maldição das fadas.

– O que aconteceu com o lago?

— Ele estava vomitando seus mortos — respondeu Vicente.

A fada ficou pensativa, curtindo o aconchego do abraço de seu amigo, ainda com temor.

— É estranho...

Vicente afrouxou os braços ao redor de Huna, como se a firmeza de seu toque a estivesse sufocando, deixando-a concluir.

— ... que eu tenha me enganado. Eu fui imprudente, Vicente.

O silêncio que se fez após a confissão foi seguido pelo relincho de um dos animais.

— Prometa-me que você não voltará mais a este lugar. — O jovem fez o pedido, enquanto caminhava para montar. — E pare de me deixar falando sozinho, Huna. Responda-me quando eu estiver falando com você — completou irônico, tentando aliviar a tensão deixada pelos momentos de pavor que haviam experimentado.

Séria, a fada subiu em sua montaria, ainda pensativa. Olhou na direção do pântano e sentiu um calafrio percorrer-lhe a espinha.

— Eu ainda não encontrei o Objeto de Poder, Vicente.

— Acredite em mim, Huna. Se houver um objeto naquele lugar, é um *objeto das trevas*.

— Não brinque com isso.

— Eu não estou brincando. Eu não posso acreditar nessa história de maldição.

Os cavalos começaram a galopar, afastando-se da região inânime do pântano.

Vicente percebeu a acabrunhante frustração estampada no silêncio de sua amiga. Huna era capaz de responder por meio de silêncios diferentes, cada situação conflitante, tediosa ou aflitiva. E seu amigo a conhecia bem.

— Não importa o que aconteça. Eu jamais a deixarei ir. Com ou sem objeto, você será minha e eu serei seu. Huna, eu não preciso dizer que te amo.

A fada ficou paralisada por um instante, parecendo refletir.

— As coisas nem sempre acontecem como queremos, Vicente. É impossível alguém saber sobre o amanhã. Você não pode fazer afirmações sobre o que não tem controle.

— Nem o destino nem a sorte serão maiores que o nosso amor. Escute-me, nada pode ser mais forte.

A única certeza que a fada tinha era a de que seu amigo conhecia pouco sobre a vida e as engrenagens que regem o caminho trilhado pelos seres viventes. Ela presenciara o que a maldição fizera a sua mãe. Nem mesmo o amor mais sólido e forte, manifestado por Morgana, conseguira salvar a vida de seu amado. Ao contrário, com a mesma força que a mulher lutara para salvar a vida dele, ela se destruíra tornando-se amarga e rancorosa após sua morte. E toda aquela amargura fora presenciada pela filha, que agora fugia desesperada para não se tornar como a mãe.

O desenho dos três triângulos formados durante a invocação feita à beira da lagoa assaltou a mente da fada.

Era certo que algo hediondo havia ocorrido no lago. Huna fora enganada pelos versos encontrados junto ao contrafeitiço na história das irmãs cegas. Ela pressentia que um mal poderoso fora liberado nas terras de Enigma, infelizmente por suas próprias mãos. Mas naquela época de sua juventude, poucas eram as certezas que possuía.

Uma verdade fatal começou a incomodá-la: ela não tinha tempo a perder com um tolo amor juvenil. Não queria que fosse dessa maneira, pois, no fundo, ela amava Vicente e desejava passar o resto da vida ao lado dele. Contudo, isso só seria possível se a maldição das fadas fosse quebrada.

— O futuro, assim como o passado, é obstinado, resistente. Ele não deseja ser alterado, Vicente. Se duas pessoas não estão fadadas a ficarem juntas, nem mesmo o mais forte amor fará com que terminem juntas. Isso se chama destino.

— Eu não vou discutir isso com você novamente, Huna Curie. Só o tempo dirá.

A fada olhou o amigo de esguelha. Eles precisavam acelerar a cavalgada se quisessem chegar a Corema antes do anoitecer. Mas antes de açoitar o lombo do cavalo, diferente do silêncio esperado por seu amigo, ela lhe deu uma resposta:

– Só o tempo dirá, Vicente Bátor.

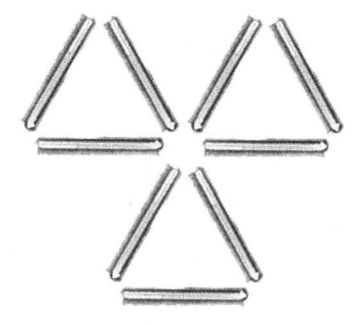

PARTE II

A VIAGEM

(Dias atuais)

Isaac tinha uma nova e sábia convicção: a matemática era, sem dúvida, muito poderosa, mas não era a única forma de magia.

O meio-dia se aproximava e o garoto sabia que o trajeto até Corema duraria pelo menos mais seis horas de cavalgada.

Junto com Bátor e Gail, há menos de uma semana, quantas coisas valiosas ele aprendera. A principal delas era que podia abrir a boca para reclamar ou a mente para adquirir outros conhecimentos; ainda assim o dia seria o mesmo.

Contudo, o jovem mancebo almejava mais. Um desejo até então inexistente começara a tomar forma em seu coração.

– Eu não quero ser bom apenas em matemática! – manifestou-se, com certa cautela.

Montada em seu cavalo, logo atrás de Isaac e Bátor, Gail estudava curiosa o cubo de Random. Seu Objeto mudara de cor dias atrás. Uma tonalidade acinzentada com bordas prateadas passara a se exibir. Curioso!

Gail expressava indiferença, fingindo não escutar a conversa entre seu pai e Isaac.

– Ninguém pode ser bom em tudo ao mesmo tempo, Isaac Samus – respondeu o cavaleiro da rainha.

– Eu não disse que quero ser bom em tudo.

– Então, ao se expressar, você precisa ser mais específico em relação ao que deseja. Generalizações dificilmente se tornam atitudes, e sem atitudes você não alcançará qualquer tipo de realização, meu jovem – Bátor sabia exatamente a que Isaac se referia. Mesmo assim preferiu forçar para que o próprio menino se manifestasse. – No que mais você gostaria de ser bom? Além da matemática, é claro.

Desviando o olhar para o sol e, em seguida, para o horizonte cada vez menos montanhoso à frente, o jovem hesitou, pensando se deveria falar tão abertamente com o cavaleiro sobre o que sentia.

Olhou para a espada na bainha da calça de seu amigo. Uma das coisas que desejava aprender era manejá-la com destreza.

Não houvera para Isaac nada mais grandioso naqueles dias de aventura do que ter conhecido o cavaleiro da rainha. O garoto passara a observar a diligência, os modos e a coragem do pai de Gail, e estava fascinado. Tantas coisas ele passou a desejar. Todas inspiradas por Bátor; como por exemplo: ser persuasivo, sem necessariamente precisar subestimar a inteligência do outro; ser corajoso, ousado e acima de tudo, é claro, lutar como ele.

– Eu quero...

As palavras de Isaac se mantiveram apenas como um pensamento, sem serem pronunciadas.

Por um bom tempo, ouviu-se apenas o trotar dos cavalos.

Inesperadamente, o silêncio foi quebrado por uma rajada poderosa de vento que fez com que os dois companheiros de viagem, que cavalgavam lentamente lado a lado, fossem lançados para frente contra o pescoço dos animais em que montavam.

– Desculpem-me! – gritou Gail, rearranjando as posições do cubo. – Eu preciso descobrir tudo o que o Objeto é capaz de fazer – riu.

Bátor já havia pedido que a filha tivesse cuidado ao manipular o cubo. Quais poderes ele guardaria? Como contê-los ou usá-los adequadamente?

Os viajantes não deveriam dar nas vistas com seu achado. Pelo menos até estarem diante da rainha Owl e planejarem um destino benéfico e seguro para os Objetos de Poder que possuíam.

Aproveitando a breve ruptura causada por Gail, Bátor decidiu dar uma ajuda à timidez de Isaac Samus e reiniciou a conversa.

– Talvez o que você esteja querendo saber é quanto tempo seja necessário para que duas pessoas passem juntas a ponto de entre elas surgir uma amizade verdadeira.

A fala de Bátor pareceu piegas e infantil, principalmente vinda do cavaleiro, e sem qualquer conexão direta com o assunto sobre o qual o garoto tratara.

No decorrer da viagem, os três haviam conversado sobre a capital, sobre a rainha e sobre os Objetos de Poder. De repente, aquela história de "não se satisfazer apenas com a matemática e agora sobre amizade".

Isaac permaneceu mudo, pois, no fundo, era exatamente sobre aquilo que ele queria conversar, mas tinha vergonha de parecer um idiota. Com sabedoria, Bátor prosseguiu:

– Se alguém admira muito outra pessoa... eu quero dizer, quando duas pessoas começam a andar juntas, elas acabam aprendendo coisas uma com a outra. É inevitável, Isaac. Duas pessoas não andam juntas, se não houver entre elas acordo, ainda que velado ou inconsciente. E é assim que crescemos: no contato com o outro. Agora, quanto tempo é necessário para que você aprenda coisas novas? Não sei...

Gail desviou os olhos do cubo e olhou para o homem e o menino logo à frente. Para ela, uma pergunta, mais que uma resposta, era capaz de revelar muito mais sobre uma pessoa. Portanto, entendera sobre o que seu amigo procurava saber. Achou cômico, embora louvável. A possuidora do Cubo de Random teve certeza de que seu pai fora capaz de decifrar a curiosidade e intenção por trás dos questionamentos iniciais de Isaac, assim como a falta de manejo do garoto para tocar em assunto tão delicado.

Por instantes, Isaac se sentiu um tolo por iniciar aquele discurso. Sem compreender o que o movera, ele respondeu com um tom de pessimismo:

– Talvez o tempo necessário para amizades surgirem não seja mais importante do que saber o tempo que elas durarão.

– Amizades verdadeiras duram para sempre, Isaac – disse o cavaleiro.

O menino deu de ombros.

– Certa vez tive um melhor amigo. E não foi isso que aprendi com a experiência. Amizades e até outros tipos de amores nem sempre duram para o resto da vida. Mesmo que não queiramos, por algum motivo sempre acabam.

Bátor, imediatamente, puxou as rédeas de seu cavalo pedrês, fazendo-o estacar. Isaac demorou alguns segundos para fazer o mesmo. E, concomitantemente, uma rajada de ar trouxe uma folha de papel do chão diretamente para as mãos de Gail.

– Desculpem! – reagiu a garota, assim que frearam os cavalos e todos os olhares se voltaram para ela.

Nem Gail nem Isaac perceberam que Bátor havia parado a cavalgada por causa da última declaração que ouvira do matemático.

– Parece que consegui controlar a pressão atmosférica, de tal maneira que o deslocamento de ar trouxe a folha até mim. – Ela o fizera sem precisar tocar no cubo, mas nada comentou.

Isaac ficou abobalhado e ao mesmo tempo admirado com a proeza de Gail. Em seu coração, desejou que os dados pudessem fazer algo semelhante.

Enquanto isso, a mente de Bátor ainda se fixava na última declaração que ouvira de Isaac. Estranha e inesperadamente, uma lembrança adormecida veio à mente do chefe da guarda da rainha.

Ele já havia perdido grandes amigos na guerra, carregava um histórico triste em relação ao amor que devotara a um de seus irmãos de sangue, que, por fim, escolhera fugir para as terras de Ignor e trair o reino de Enigma; mas naquele momento, a recordação de perda que o atordoara fora outra.

Bátor se lembrara de Huna, de seus dezesseis anos de idade, quando fora capaz de fazer loucuras para que ela o notasse, para que ela o percebesse.

Durante aqueles dias de espevitado e caloroso amor juvenil, as cordas da paixão prendiam com tenacidade o coração do audacioso garoto. Naquela época, Bátor seria capaz de entregar sua vida pela da fada em nome de tudo o que sentia.

Ele seria capaz de lutar contra o mundo inteiro só para poderem ficar juntos, mas a única coisa que ganhou foi o penoso trabalho de ter que juntar as partes quebradas de seu próprio coração, quando ela deu a notícia de que deixaria a capital; logo depois do incidente no lago.

Muitos anos após a partida da fada, Bátor conheceu e se casou com Afânia, uma linda camponesa que, com dedicação quase materna, cuidou de suas emoções, que se encontravam devastadas.

Com ela a seu lado, o mancebo se sentiu amado e feliz como nunca. Correspondido.

Huna mudou-se para as terras do nordeste de Enigma e, uma única vez, eles voltaram a se encontrar. Isso ocorrera em um triste evento para o reino.

Naqueles dias, Bátor ficou sabendo que Afânia estava grávida. Meses depois, com o nascimento de Gail, a família se fortaleceu ainda mais. E Huna foi esquecida, de vez, pelo guerreiro.

De repente, o questionamento de Isaac, desencadeara em sua memória aquele mundo de recordações, que por bom tempo pareciam nunca ter existido. Quando foi que aquele grande amor de sua juventude lhe caíra no esquecimento? Essa era a pergunta que, sem saber, Isaac lhe fizera.

– Casa do Fuso Mágico. Boa estadia. Recompensa por um dia.

A voz de Gail quebrou o transe que as lembranças foram capazes de provocar no coração de seu pai. Isaac percebeu que a garota lia o papel que por magia fora transportado do chão até suas mãos.

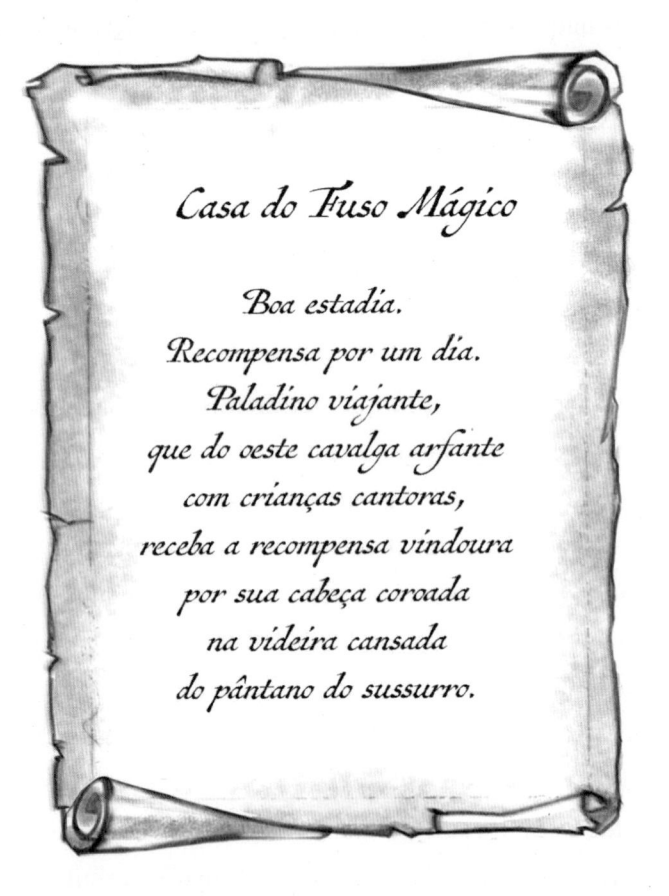

> *Casa do Fuso Mágico*
>
> *Boa estadia.*
> *Recompensa por um dia.*
> *Paladino viajante,*
> *que do oeste cavalga arfante*
> *com crianças cantoras,*
> *receba a recompensa vindoura*
> *por sua cabeça coroada*
> *na videira cansada*
> *do pântano do sussurro.*

– Paladino viajante, que do oeste cavalga arfante com crianças cantoras, receba a recompensa vindoura por sua cabeça coroada na videira cansada do pântano do sussurro.

Desviando seus olhos de Gail, na direção do horizonte empoeirado ao longe, Isaac avistou com esforço construções de tijolos.

– Estamos próximos de alguma cidade – concluiu.

– É o povoado de Abbuttata – explicou Bátor.

– Precisamos parar para comer alguma coisa.

– De novo, Isaac? – riu a menina.

– Talvez o estômago de um garoto não seja tão pequeno como o de uma menina – insinuou ele, em zombaria.

– Não podemos ficar parando em cada vila que encontrarmos – interveio o cavaleiro. – O máximo que faremos será encher nossos cantis.

Torcendo os beiços, sem que ninguém visse, Isaac apenas chacoalhou as rédeas, afrouxando o freio de sua montaria e sinalizando para que ela se movesse.

Sua atitude foi suficiente para fazer com que o grupo retomasse a viagem e entendesse que ele não se oporia à decisão de Bátor.

O que veio à sua mente foi o seguinte pensamento: "Em meu lugar, Bátor não reclamaria por mais uma refeição, antes de chegar a Corema. Então, será dessa forma que eu também farei. Mesmo que deva passar o resto da viagem faminto. Se eles aguentam, por que não eu?".

E devido à afeição e admiração cada vez maiores, nutridas pelo cavaleiro, Isaac percebeu que acatar aquela decisão não lhe pareceu um castigo. Na verdade, um exercício de sobrevivência, de força ou qualquer outra coisa que o fizesse parecer-se mais e mais com o soldado.

Gail leu outra vez o estranho poema de boas-vindas escrito na folha, antes de soltá-la, deixando-a retornar suavemente em queda para o lugar de onde viera. As rimas causaram-lhe inicialmente certa estranheza, depois uma sensação de riso.

Abbuttata era um povoado simples, com poucas ruas, sendo todas sem calçamento. Um lugarejo sem desenvolvimento efetivo, que servia apenas como apoio para os viajantes que, vindos de longe, seguiam para a capital, semelhante a um oásis no deserto.

O primeiro perigo que Isaac, Bátor e Gail enfrentariam nessa jornada encontrava-se, porém, naquele local. E os fatos sinistros e alarmantes que eles vivenciariam começaram a acontecer assim que adentraram a primeira rua silenciosa e com aparência de abandono.

– Devemos chegar a Corema ao anoitecer – disse o cavaleiro da rainha.

– Não chegaremos a Corema hoje.

Bátor e Gail encaram Isaac. De onde ele tirara aquela ideia?

– Como é?

Sem parar de cavalgar, o garoto voltou seu rosto para trás, mas não soube o que responder para a amiga.

– Não chegaremos... – sussurrou o garoto.

O som dos cascos de um cavalo galopante pôde ser ouvido aproximando-se pela direita. Apenas Bátor se preocupou em notar o cavaleiro que parecia vir em sua direção.

Para seu espanto, não era um cavaleiro, mas uma amazona.

A linda e ágil mulher vestida com uma túnica verde passou por eles. Ela sacudia com força as rédeas, estocando a testeira do animal. A poucos metros de distância à frente do trio, ela parou, apeou e entrou em uma venda.

Bátor não acreditou. Embora a tenha visto apenas de relance, a amazona era Huna.

Um rio de lembranças inundou-lhe a mente, trazendo-lhe recordações de quando ambos eram jovens.

Demonstrando ignorar completamente a singular declaração dada por Isaac, Bátor disse algo ainda mais extraordinário:

– Vamos parar para comer alguma coisa.

Isaac chegou a pensar que Bátor o testava. Sim! Primeiro, o cavaleiro dissera que não parariam antes de chegarem à capital. Em seguida, "Vamos parar para comer alguma coisa".

Gail ficou boquiaberta. Ela conhecia bem seu pai. Contradições e indecisões não costumavam fazer parte do caráter dele. Brincadeiras sim, mas aquilo não parecera algum tipo de galhofa. O que, na prática, anulava a ilação mental de seu amigo Isaac.

A menina foi a única que conectou a declaração de Isaac com a de Bátor, embora ambas não fizessem qualquer sentido da forma como foram feitas.

O que acontecia? De onde o matemático tirara aquela estranha ideia de que não chegariam à capital naquele dia? Ele nunca tinha saído de Finn, sua cidade natal, sequer conhecia as estradas e distâncias em Enigma.

E a ordem de Bátor para que parassem para fazer uma refeição? Por que uma mudança tão rápida de comportamento? Aliás, por si só, uma parada já aumentava em muito as chances de algo acontecer e eles não chegarem a Corema. Será que somente Gail conseguia ligar os estranhos fatos?

Bátor não precisou dizer "apressem-se, crianças". Ele arrumou uma correria tão grande para desmontar do cavalo e adentrar a venda, que Isaac e Gail o seguiram calados e surpresos.

Ele fugiu de dar explicações. Mesmo porque não sabia como o fazer.

– Você pode me dizer o que está acontecendo, papai?

– Vamos comer alguma coisa.

Balançando a cabeça em forma de protesto, Gail não ousou questionar.

A madeira empretecida das paredes da venda e as inúmeras folhas de avisos que formavam um mosaico desordenado no mural lateral do estabelecimento foram as primeiras coisas notadas por Isaac. Parecia faltar limpeza e claridade ali. Entretanto, devido à fome em que se encontrava não se importou. Ele comeria algo naquele lugar. "Mesmo que fosse servido em um prato sujo", pensou.

A locanda era maior do que parecia. Em um amplo espaço, ao lado do balcão, três pequenas mesas redondas se espalhavam equidistantes. Todas preenchidas por homens, fazendo suas refeições. A única luz do ambiente era a proveniente do sol que invadia o local através da porta da frente, das quatro janelas – duas frontais e duas na parede oposta –, e, por fim, de uma porta semiaberta nos fundos.

O silêncio experimentado do lado de fora da venda se opunha ao burburinho interior. No primeiro momento, Isaac, Bátor e Gail foram os alvos de todos os olhares, que, em seguida, retornaram para suas conversas e pratos de comida.

Pouco menos de dez minutos depois, angu com quiabo e uma porção de frango cozido eram servidos aos aventureiros, no próprio balcão.

Durante este período, Bátor pediu que Isaac e Gail esperassem ali para que ele "tirasse água do joelho". Na verdade, o cavaleiro saiu pela porta dos fundos, a fim de procurar a mulher que o instigara a fazer aquela parada na cidade de Abbuttata.

Bátor rodeou o estabelecimento, mas não a encontrou. Percebeu que havia uma escada exterior, atrás da venda, que levava a um segundo andar. Contudo, não ousou subir para verificar.

Ele mesmo não sabia de onde tirara aquela ideia de que a mulher era a fada.

Retornou para o balcão a tempo de iniciar a refeição com seus companheiros de jornada. Desapontado, ainda alimentava a esperança de que se a amazona tivesse que deixar a venda, passaria novamente pelo interior para pegar o cavalo na entrada.

A comida estava deliciosa, opondo-se à associação negativa inicial que Isaac fizera.

– O que está acontecendo? – perguntou novamente Gail, quando já finalizavam o prato.

– Estamos almoçando, se você ainda não percebeu – respondeu Isaac, rindo.

Bátor sabia que devia explicações à filha, por isso não ousou rir como fizera o garoto.

– Ao chegar à entrada da cidade, eu achei por bem que parássemos para um descanso. Foi uma longa caminhada pela manhã, minha filha.

– Não falta muito para chegarmos à capital. Seria mais prudente deixarmos para descansar lá.

As palavras de Gail não soaram como atrevimento ao serem direcionadas ao pai. Bátor as escutou como algum sinal de aconselhamento. Ele sabia que estava agindo errado. Um soldado treinado, como era, não deveria desviar seu foco, não deveria tirar os olhos de sua missão. E, acima de tudo, precisava manter a cautela, a atenção.

Por mais seguros que se sentissem na venda, por mais ingênuas que as pessoas de Abbuttata aparentassem ser, um perigo poderia os espreitar. Afinal, o trio portava dois Objetos de Poder, artefatos almejados por muitos seres sórdidos no reino.

– Tudo bem, Gail, você venceu. A mulher que entrou aqui pouco antes de nós... eu tenho quase certeza de que a conheço. Então, decidi parar para verificar.

Gail franziu a testa.

– Eu não vi mulher alguma entrar aqui.

– Quem deveria ser mais prudente, então, é você, que não a percebeu passando por nós.

A menina ficou confusa, pois jurava não ter visto ninguém na rua. Na dúvida, porém, decidiu não contradizer o pai. Ela estava apenas preocupada por tudo o que já haviam passado para chegarem até ali: os espiões de Ignor os perseguindo no aqueduto, depois pelas ruas de Verlem e por fim no Jardim das Estações. Pensativa, voltou a olhar para o pouco de comida que ainda restava em seu prato.

Enquanto alguns homens deixavam o estabelecimento, outros chegavam e ocupavam as cadeiras vazias.

Bátor almoçou sem desviar seus olhos da porta dos fundos. Gail notou tal comportamento. Ela percebeu também que três homens atarracados que acabavam de entrar na venda não tiravam os olhos de seu pai. Dois deles foram para o balcão e pediram uma bebida forte, o outro rumou para uma mesa distante.

– Um soldado nunca deve baixar a guarda.

Certo furor encheu os olhos de Bátor ao escutar a filha dizer aquilo.

– Você não deveria pronunciar essa palavra aqui – censurou ele, mesmo percebendo que ela o fizera com total discrição.

Abrindo bem seus olhos azuis, ela deu de ombros como que dizendo "o senhor deveria me dizer o que está acontecendo".

– Um soldado nunca deve baixar a guarda – repetiu Isaac, ingenuamente.

O sorriso na face do garoto turvou, ao perceber o espanto no semblante dos amigos. Lembrou-se dos conselhos de Bátor sobre, em hipótese alguma, revelarem quem eles eram e de onde ou para onde seguiam.

– Precisamos seguir viagem – disse desconsertado, como quem tenta desfazer um erro cometido.

– Não sem antes eu ir ao banheiro – interpelou Gail.

– Ele fica nos fundos – indicou Bátor com um aceno de cabeça.

Enquanto Gail seguia naquela direção, seu pai aproveitou para pagar a conta. Bátor teve certeza de que os homens no balcão ao lado o tinham como alvo.

Olhou ao redor e, assim como Gail, percebeu que era observado também pelo terceiro que ficara na porta dos fundos, exatamente por onde sua filha acabara de passar.

– Vá até nossos cavalos e me espere lá fora, Isaac – cochichou para o menino. – Não saia de lá até que eu chegue.

Uma vertigem começou a surgir no peito do garoto. Mesmo sem perceber algo estranho, começou a ligar os fatos. A pergunta de Gail para seu pai sobre o que estava acontecendo, depois a orientação da amiga sobre um soldado baixar a guarda e, finalmente, a ordem de Bátor para que ele saísse da venda.

No entanto, Isaac ainda era muito ingênuo e sequer percebeu, como Gail e Bátor, que eram observados.

Nos fundos, a menina ficou surpresa com o estado do banheiro. Era limpo e bem apresentável. E foi lá que ela mais uma vez encontrou algo que a deixou intrigada: a propaganda da Casa do Fuso Mágico estava pregada na parede à sua frente.

Desta vez, Gail teve tempo de ler com bastante calma, analisando cada trecho da propaganda em forma de poema. Era um anúncio estranho do que parecia ser algum tipo de hospedaria.

Ela enfiou a mão no bolso e percebeu que o cubo estava leve e quente. Desenhos estranhos e prateados surgiram na face de cada pequeno cubo que o formava. Ela viu a imagem de uma nuvem, de uma nuvem com pingos de chuva, de um ciclone, de sol, estrelas, neve, vento e fogo... Cada pequena peça tinha um símbolo, como se fosse algum tipo de orientação.

Mesmo surpresa, Gail guardou o Objeto. Durante o resto da viagem desvendaria os muitos mistérios dele. Entretanto, sua mente agora fervilhava de curiosidade para entender outra coisa: a forma como as palavras daquela propaganda pregada na parede foram escritas. Ela tinha certeza de que havia algo de estranho nelas.

"Boa **estadia**, recompensa por um **dia**. Paladino **viajante** que do oeste cavalga **arfante**..."

Gail leu duas vezes. Na terceira, as palavras que formavam rimas saíram quase inaudíveis de sua boca. Ela ficou abismada. Que tipo de texto era aquele?

Ela prosseguiu a leitura. E para seu espanto, a segunda mensagem era terrível.

"Boa recompensa por um paladino que do oeste cavalga com crianças. Receba a recompensa por sua cabeça..."

O coração de Gail quase desfaleceu.

Seu pai era um soldado da rainha, cavaleiro intrépido e obstinado, **um paladino**. Ele cavalgava junto com ela e Isaac, crianças, **vindas do oeste**.

O ruído de mesas se arrastando e o som de um alvoroço proveniente do outro lado da parede do banheiro confirmaram o temor da menina. Algum tipo de luta começou a ser travada dentro do estabelecimento. E Gail teve certeza de que, por algum motivo ainda desconhecido, a vida de Bátor corria perigo.

EMBOSCADA

Bátor sacou a espada da bainha e com agilidade começou a duelar ao mesmo tempo contra os dois estranhos que antes apenas o observavam. Isaac não havia deixado o local, conforme ordenado. Estancara ao perceber que suas vidas agora corriam perigo e temeu principalmente pela de seu amigo.

Algo que também prendeu sua atenção foi a destreza com que Bátor manejava a espada. Era quase artístico de tão belo.

– O que você ainda está fazendo aqui, Isaac? – gritou o paladino, entre um clangor e outro.

O terceiro adversário, que antes se encontrava na porta dos fundos, entrou na luta, sacando uma faca da cintura. Ele aguardava o momento oportuno para atirá-la no cavaleiro da rainha.

Agitados, os frequentadores do local começaram a correr ou procurar abrigo. Uns se esconderam debaixo das mesas; o atendente e o dono do estabelecimento, atrás do balcão.

Defendendo-se dos golpes das espadas adversárias, Bátor caminhou de costas rumo à porta da frente. Ele teria matado seus oponentes facilmente, mas, como cavaleiro real, ferir de morte um homem, sem antes saber suas verdadeiras intenções, lhe era um sacrilégio.

Antes que conseguisse passar através da porta de entrada, viu o terceiro inimigo erguer o braço, preparando-se para lançar a faca em sua direção. Dificilmente, o cavaleiro conseguiria se desviar de um ataque sem ser atingido por outro.

De forma sobrenatural, uma rajada de ar sibilou, como um chicote, atingindo os pés do terceiro oponente, derrubando-o antes que executasse o lançamento da lâmina.

Os expectadores gritaram de susto ao verem o ar deslocar-se daquela forma repentina. Não entenderam o que ocorrera.

Com a distração causada pelo poder do cubo usado por Gail para protegê-lo, Bátor foi capaz de chutar um dos espadachins e se concentrar na briga com o outro.

A luta prosseguiu.

Os adversários derrubados se levantaram, tentando ainda entender o que havia acontecido. Eles avançaram com fúria contra o paladino, mas novamente outro golpe invisível os pegou desprevenidos; desta vez, lançando-os contra a parede em uma distância considerável.

Bátor ficou impressionado de ver como Gail manejava com destreza o Objeto. E, com um sorriso nos lábios, ainda digladiando, jogou-se de costas contra a porta de entrada da venda e ganhou a rua.

As pessoas escondidas no interior do estabelecimento começaram a sair de seus locais de abrigo, buscando acompanhar o desfecho daquela luta através das janelas. Ninguém sabia o que vinha acontecendo. Não torciam para ninguém. Estavam curiosas e também com medo de defender o cavaleiro, que lutava em desvantagem.

Com precaução para não chamar a atenção dos valentões, Gail atravessou apressada e tensa o salão da venda, passando pela porta da frente. Contudo, foi apanhada de surpresa pela cena que viu ao chegar do lado de fora.

– Largue a espada!

A voz grave de um quarto oponente foi direcionada para o chefe da guarda da rainha.

Bátor conseguira lançar no chão o homem contra quem lutava. Outro adversário, porém, o ameaçava segurando uma enorme faca encostada na garganta de Isaac.

– Largue a espada ou o garoto morre! – exigiu novamente o estranho.

– O que vocês querem? Não lhes fizemos mal algum. Estamos apenas de passagem.

Os olhos de Isaac pareciam lacrimejar de angústia, medo e aflição. O garoto tremia.

– Largue a espada – repetiu o homem, desta vez pausadamente, ignorando os questionamentos.

Era nítido para Gail e seu pai que não se tratava de homens criados no crime, havia certo amadorismo na maneira de procederem. Sem contar que não eram hábeis ao manejar armas. E isso também representava um perigo. De uma forma ou de outra, a vida de Isaac estava literalmente por um fio. Era preciso cautela.

O coração de Gail enregelou ao ver a cena. Ela tocou o Cubo de Random no bolso da túnica, mas não o usou. Qualquer movimento em falso, e o pescoço de seu amigo receberia um corte profundo.

Os outros dois homens, que haviam sido jogados contra a parede, saíram da venda ainda atordoados. Um deles, de bigode grosso e negro, parecia comandar a ação. Com um movimento de cabeça fez com que dois dos patifes buscassem seus cavalos.

Bátor não viu outra saída a não ser render-se, jogando a espada no chão.

Gail sabia que na primeira oportunidade ele reagiria. Ela precisava ficar atenta e sincronizar seus movimentos com os do pai.

As mãos do cavaleiro foram amarradas com força para trás e um saco foi colocado em sua cabeça.

Assim que sentiu a lâmina se afastar um pouco de sua garganta, Isaac gritou:

– Por favor, não façam nenhum mal a ele.

O homem que o segurava voltou a forçar a faca e um pequeno corte riscou a lateral do pescoço do garoto, que se calou. Com uma das mãos, Isaac tentava encontrar o saco com os dados.

– O que você pensa que está fazendo, rapaz? – indagou seu algoz.

Assustada, Gail percebeu quando os Dados de Euclides foram encontrados. Infelizmente, não por Isaac, mas pelo entroncado homem que o flagelava.

– Ei! Vejam o que temos aqui. Uma bela moeda de ouro e... alguns dados coloridos – riu.

Encapuzado, Bátor escutava tudo e temeu que o Objeto de Poder fosse roubado do garoto. O paladino sabia no que Isaac se transformaria. E ninguém seria capaz de prever a destruição naquele pequeno vilarejo.

Num instinto de prazer sombrio, Gail desejou que Isaac se transformasse em um dragão, pois certamente salvaria a vida de seu pai e os ladrões do Objeto seriam destruídos.

– Por favor, deixem-nos em paz – implorou Isaac com voz estertorosa.

Ninguém lhe deu ouvido. Os bandidos cobiçavam com o olhar a moeda de ouro.

– Podem levá-la em troca da vida do cavaleiro – completou o menino, para espanto de Gail e de Bátor.

A fala do matemático saíra ruidosa e fraca. Entretanto, foi suficiente para anular a maldição que tornaria seu algoz um ladrão. Ou seja, a partir daquele instante, se qualquer um deles levasse os Dados de Euclides, o Lictor[1] do Objeto não mais seria libertado.

---

[1] Quando um Objeto de Poder é roubado de seu possuidor, este se transforma em um animal denominado Lictor.

– Não perca tempo com migalhas – respondeu o homem de bigode. – A recompensa pela cabeça deste aqui é mil vezes mais valiosa que esta moeda – e sem dó acertou uma pancada na cabeça de Bátor, fazendo-o desmaiar.

Gail soltou um grito que se misturou com os sons de susto emitidos pelos demais expectadores.

A distância, Isaac constatou aflição profunda no rosto da amiga. Ele sabia que ela continuava de mãos atadas. Para poder agir, ela precisaria escolher entre ele ou o pai dela.

O corpo de Bátor foi jogado de forma atravessada no lombo de um cavalo que zarpou conduzido por um dos malfeitores. O líder do grupo também cavalgou intrépido. Tudo ocorreu em um piscar de olhos.

Isaac caiu de joelhos, quando o soltaram, tamanha era sua fraqueza diante dos minutos de terror e opressão por que passara.

Ao tentar montar no cavalo, seu opressor foi lançado ao chão. A rajada de ar provocada por Gail foi tão grande que fez tombar também o animal.

O outro bandido, que ainda permanecia no local, tomou para si a moeda de ouro e conseguiu montar com rapidez.

Antes que pudesse derrubá-lo, Gail percebeu que o alvo anterior retornara com ira na direção de Isaac para acertá-lo com a faca, pois pensava que fora o garoto quem o fizera cair.

Preocupada em salvar novamente a vida de Isaac, ela não teve tempo de deter o que levou a moeda.

Descontrolada, Gail fez mais que derrubar novamente o agressor. Ela aproximou-se furiosa, produzindo um cirro acima da cabeça dele, de onde raios eram cuspidos em seu corpo, fustigando-o.

A multidão que se mantinha dentro da venda, com medo da magia do cubo, assistiu ao martírio do malfeitor que gritava, enquanto sua pele era rasgada pela projeção de inúmeros raios, como os de uma tempestade.

– Gail, pare! – gritou repetidas vezes Isaac, apavorado com a insanidade que dominara sua amiga – Pare, Gail! Por favor, você vai matá-lo.

Chamas podiam ser vistas nos olhos da menina como se ela tivesse possuída por uma força invisível e medonha.

Assim que a atmosfera voltou ao normal, quase desfalecido, o homem em frangalhos gemeu, contorcendo-se de dor, sem entender como a garota fazia aquilo.

Isaac também estava confuso, mas era por causa da reação de sua amiga. Precisava tomar uma decisão. E a única ideia que veio à sua mente foi interrogar o opressor vencido.

– Quem são vocês? Para onde o estão levando?

Debilitado, o homem não conseguiu responder.

– Para o pântano.

A resposta de Gail foi seguida por um murmurinho. Os aldeões ficaram perplexos ao escutar aquilo.

– Como você sabe? – indagou Isaac, olhando a face lívida da multidão curiosa que se formava ao redor deles.

Com tristeza no olhar e como resposta, a menina exibiu a folha que trouxera do banheiro.

– Elimine as palavras que fazem a rima e uma mensagem secreta surgirá – explicou. E voltando-se para o moribundo a sua frente, interrogou: – Quanto tempo de cavalgada até chegarmos ao pântano?

A voz rouca, trêmula e cheia de angústia de um velho senhor que assistia à cena respondeu:

– Não entrem sozinhos naquele lugar. Por favor, o melhor seria se permanecessem longe dali.

Um frio cortante gelou o sangue de Isaac ao escutar o conselho.

O garoto abaixou-se para pegar a espada de Bátor. Recolheu também os dados no saco, agora sem a moeda. Sentiu uma tristeza incomum. Olhou para Gail com pesar. E, em uma atitude de encorajamento, enfiou a lâmina em seu cinto, mesmo sem uma bainha apropriada para ampará-la.

Muito machucado e com medo, o malfeitor caído no chão disse que levariam mais de duas horas a cavalo para chegarem ao pântano.

Isaac aproveitou para interrogá-lo:

– Por que vocês fizeram isso? O que querem com ele?

– Ela nos prometeu dinheiro, muito dinheiro...

Gail Aries sentiu o ódio se intensificar no coração. "Que maldade tamanha sequestrar pessoas, fazer o mal, tudo em troca de dinheiro", pensou.

– Por favor, não me mate. Não seja terrível igual a ela.

– Ela quem?

– De quem você está falando? – perguntou Isaac, quase ao mesmo tempo que Gail.

O homem maltrapilho temeu ter falado demais. Olhou assustado para a garota, com medo de ser novamente martirizado, e respondeu com temor.

– A senhora do pântano.

Outra vez um murmurinho embaraçoso tomou conta da multidão, seguido de um silêncio, como se o nome de um diabo fosse pronunciado.

Gail sentiu-se confusa. Sua mente lógica não conseguiu alcançar explicação para a reação estrepitosa e, de repente, silenciosa da pequena população de Abbuttata.

– Não podemos perder tempo, Isaac.

Sentindo-se humilhada pelo sequestro do pai e percebendo que não seria correto descontar sua raiva sobre aquele maldito homem, Gail prosseguiu com a única opção que lhe restara: montar em seu cavalo e, acompanhada por Isaac, partir na mesma direção para onde os sequestradores haviam seguido.

Por boa parte do trajeto, não houve conversa. A cavalgada ocorreu como se a própria vida do jovem casal corresse perigo, como se fossem perseguidos e não pudessem sequer olhar um para o outro.

Percorreram em silêncio uma estrada poeirenta, enquanto a borda do sol se erigia imponente sobre os outeiros do leste. O calor parecia seguir um curso não natural, pois, embora a luz do dia se intensificasse naquela manhã de verão, o clima ficava ameno. O fator principal dessa alteração estava na localização em que se encontravam.

Isaac e Gail sentiram o ambiente se refrescar e entenderam que invadiam os limites do Pântano Obscuro.

Aos poucos, o cenário foi se modificando. Por todos os lados, córregos e poças escuras surgiam fendidos na terra como passas incrustadas em um bolo de laranja. Turfeiras cobriam o horizonte à frente até onde seus olhos podiam alcançar.

A extensa parte de terra alagada, para onde seguiam, formava a porção sul da bacia hidrográfica do Navegantes, um rio perene, de nascentes que se encontravam nas Terras Altaneiras. Seus maiores afluentes situavam-se ao norte, oriundos das Colinas de Plodan, responsáveis pelo grande volume de água em curso.

No lado sul do longo rio, aprisionadas por camadas impermeáveis do solo, as águas dos lençóis freáticos formavam lagoas e brejos, dominadas por uma vegetação sombria, disforme e cinzenta, o grande Pântano Obscuro.

Mais de hora de cavalgada frenética começava a deixar os lombos e virilhas de Isaac doendo sobre sua montaria.

– Gail!

O freio do cavalo de Isaac foi puxado, fazendo o animal parar. Os olhos azuis de Gail brilhavam ao sol, quando ela mirou, confusa, o amigo.

– Precisamos...

"... parar".

Isaac não conseguiu completar a frase. Ele sabia o quanto Gail estava aflita pela vida de seu pai, mas também sabia que os cavalos, exaustos, precisavam descansar.

– O que foi?

Ele olhou ao redor, na tentativa de encontrar uma boa resposta, mas continuava sem saber como dizer o que desejava. Bátor fora sequestrado, levado de forma covarde por caçadores de recompensa; como fazer Gail compreender a necessidade de uma parada?

— Precisamos encontrar aqueles homens antes que...

— Mas temos certeza de que vieram por este caminho?

A garota apontou para o chão.

As pegadas no solo estavam intatas, e não seria preciso que a mente lógica da menina informasse a Isaac que também estavam frescas. Um bando montado a cavalo havia passado recentemente por ali.

Isaac viu-se sem alternativa. Precisaria ser sincero com sua amiga, mesmo que parecesse insensibilidade.

— Eu preciso parar um pouco para descansar. E os animais também.

— Descansaremos... depois que encontrarmos meu pai.

A cavalgada prosseguiu. Isaac não protestou, embora seu lombo e suas virilhas continuassem a doer, devido ao constante e repetitivo sacolejar sobre a montaria. Ainda tinha o peso da espada de Bátor, que o garoto mal sabia como carregar.

Gail não olhou para trás, mas sabia que o amigo continuava junto dela.

A vegetação começou a ficar mais densa e a floresta do pântano se descortinou no horizonte como uma tela exibida em museu e pintada em tonalidades escuras. Grandes raízes afloravam dos brejos como pequenos monstros jogando-se para fora das águas negras e salinas. Os ruídos desapareceram por completo e nem mesmo o crocitar de um falcão podia-se ouvir.

— Estamos nos aproximando deles.

Sabendo que Isaac não ousaria questionar sua afirmação, a menina explicou:

— Você consegue distinguir as pegadas de cada montaria? — perguntou apontando para o barro no solo, enquanto mantinha o galope de seu animal. — A distância entre as patas dianteiras e traseiras de cada animal diminui. É sinal de que reduziram a velocidade.

Isaac apenas prestou atenção. Seu coração estava incerto sobre tudo pelo qual passava.

Ele se recordou de como tremera de medo quando precisou fugir da estalagem em Melon. Depois, quando ficou aprisionado no aqueduto com um espião de Ignor. E mais tarde como esgueirou-se pelos becos de Verlem, para não ser visto. Em todas aquelas situações, sua tarefa era evitar ser encontrado pelas pessoas más que andavam atrás de seus dados de poder.

Dessa vez, tudo era diferente. Muito diferente. Assombrosamente diferente e excêntrico. Seu Objeto achava-se incompleto e ele caminhava de encontro ao perigo. Amaldiçoou o quanto desacreditou nos Dados de Euclides, pensando que aquele não era um poder tão grande como podia se imaginar. Quantas vezes pensara daquela forma?

Não podia, entretanto, se lamentar agora. Ele entregara o Objeto na vã tentativa de salvar a vida de Bátor. Sua inexperiência durante o momento de tensão o levara àquela situação e agora não restava mais nada a não ser acompanhar Gail e protegê-la da forma que fosse, mesmo sem saber o que estava por vir.

Apesar do medo, ele decidiu seguir. Não era apenas o afeto que começava a sentir com mais intensidade em relação a Gail, mas também a amizade que desenvolvera em relação a Bátor. Eram esses os sentimentos que o moviam e eram mais fortes do que o medo.

– Vamos desmontar aqui.

Gail puxou as rédeas e fez sinal com o dedo na boca para que o amigo fizesse silêncio.

Quando pisou no solo, Isaac percebeu que era fofo.

Uma encosta íngreme estendia-se a oeste com grandes árvores ladeando uma vala inexpressiva, impossibilitando os viajantes de atravessá-la a pé.

No final da estrada, um caminho se estendia para a direita margeando a floresta pantanosa; outro, seguia até uma ponte precária feita de madeira velha, úmida e decrépita, que adentrava a floresta. Esta, pelo menos, possibilitava a passagem por sobre a vala lamacenta.

Com cuidado e sem demora, pé ante pé, eles puxaram suas montarias e começaram a atravessar a ponte. Tinham a impressão de que ela poderia desabar a qualquer momento.

O ranger de madeira podre estalando sob seus pés e sob as patas dos cavalos foi abafado pelo farfalhar dos juncos crescidos, à entrada da floresta.

Um sobressalto colocou Isaac e Gail em estado de alerta, quando escutaram o relinchar de um animal que não era o deles. Ela concluiu tratar-se dos cavalos dos sequestradores, e ficou receosa de que seu próprio animal, ou o de Isaac, respondesse àquele sinal, chamando a atenção de seus oponentes.

Não precipitaram seus passos sobre a ponte e mantiveram a calma, mesmo com o coração querendo sair pela boca. Cada passo que davam era mais tenso que o anterior, pois eles não sabiam o que lhes aguardava atrás da barreira de juncos.

A madeira da ponte rangeu uma última vez, como se fosse um sinal informando ao pântano a chegada de novos visitantes, e o relinchar foi novamente ouvido.

Destemidamente, Isaac tomou a frente, entregando as rédeas de seu cavalo na mão da amiga.

Gail estranhou aquela atitude. Logo Isaac, a quem ela vira, por várias vezes, gelar de pânico e terror. Aquele momento a fez lembrar-se do Jardim das Estações, quando de forma louca e surpreendente eles trocaram seus Objetos para que ele pudesse distrair o réptil gigante, criando a oportunidade para que ela e seu pai escapassem.

Circunspecto, com exagerada prudência e alerta, Isaac avançou quatro passos à frente de Gail. Tudo poderia acontecer a partir daquele momento: uma luta, um resgate, as duas coisas seguidas de uma fuga, ou uma derrota mortal.

Os relinchos aumentaram, mas não desmotivaram o garoto de avançar.

Então, ao atravessar a barreira viva de juncos ele se deparou com o que era o menos imaginável para si: os sequestradores não estavam ali, apenas seus cavalos, arriados.

– Eles seguiram a pé.

O alívio que sentiu não foi duradouro como Isaac desejava.

Gail adiantou-se na trilha, soltando as rédeas de seus animais, que estranharam os que já estavam no local. E uma sequência de rinchos começou a ecoar na copa das árvores.

Apressadamente, a detentora da lógica alcançou o espaço seguinte que levava a um terreno amplo dentro da mata.

Para seu horror, os corpos de dois sequestradores estiravam-se sem vida na terra molhada e cheia de sombras. Na face de cada um, uma máscara de horror mantinha seus olhos vítreos mirando imóveis o além.

Gail soltou um grito abafado quando avistou a cena. Isaac pensou em retroceder, mas os animais começaram a agitar-se, bloqueando o caminho por detrás dele.

Como não podiam correr, os cavalos dos bandidos começaram a soltar coices no ar. A montaria de Isaac e Gail não resistiu ao alvoroço e igualmente se precipitou na confusão que se formava. Alguma coisa maligna se aproximava, e Gail pressentiu que fosse o mesmo mal que havia tombado aqueles homens.

Ela chegou próximo do rosto de um deles e percebeu que sua pele estava cheia de mordidas. Reconheceu o homem que pegara a moeda de ouro, a qual não estava mais com ele.

Mesmo pressentindo o terror cada vez mais perto, Isaac imitou a amiga, vasculhando com desespero os bolsos do outro cadáver.

Não encontraram nada além de várias pequenas mordidas flagelando toda a extensão dos corpos. Aquilo os deixou ainda mais inquietos e preocupados. O que produzira as mordidas? O causador dos flagelos já teria se ausentado daquele lugar? Onde se encontraria Bátor? Com quem estaria a moeda de ouro?

A figura de uma mulher encapuzada, oculta sob um manto negro, arrancou-lhes um grito. Ela surgira como um fantasma e tinha a semelhança das bruxas descritas nos contos que eles ouviam quando eram menores.

– Uma rainha e um rei.

Isaac e Gail ficaram mudos, olhando apavorados para a mulher à sua frente, enquanto se recuperavam do susto.

– Longe de casa?

A velha deu um passo na direção deles. Ela trazia algo nas mãos.

Eles retrocederam. Como a mulher teria chegado tão perto sem ser percebida?

– Não temam. Eu sou apenas uma velha solitária que mora às margens do pântano e adoro quando me fazem visitas. Há muitos anos não me fazem visitas...

– Qual o seu nome?

Do capuz, a única parte da face da velha que podia ser vista era a boca, que se abriu em um horrendo sorriso como resposta à pergunta de Gail.

Lentamente, a senhora do pântano movimentou as mãos e eles puderam ver que ela segurava uma tesoura dourada e brilhante como o sol.

Isaac colocou-se na frente de Gail. O coração da menina aquiesceu, ao sentir que o gesto do amigo representava uma tentativa de defendê-la de algum ataque repentino que pudesse ocorrer.

– Você não respondeu a nossa pergunta. Quem é você?

– Gostam de enigmas?

– Diga-nos o seu nome!

O som da tesoura, abrindo e fechando, interrompeu Isaac. Ele voltou sua mão esquerda para trás, garantindo que Gail não pudesse avançar. Com a mão direita segurou o punho da espada. Isaac não sabia como usá--la, mas a velha não tinha conhecimento disso. Ou tinha?

– Espadas são para homens, não para meninos – disse a mulher, com sagacidade e um tom ofensivo.

– Não queremos confusão. Deixe-nos passar – pediu Isaac.

As lâminas da tesoura picotaram o ar duas vezes seguidas.

Gail enfiou a mão no bolso e segurou o cubo, percebeu que ele voltara a ficar colorido e sem as inscrições. De qualquer maneira, tal atitude deixou a velha agitada.

– Não queremos problemas. Precisamos seguir nosso caminho – insistiu a menina.

– Seguir? Para onde? Não é você quem escolhe onde acabará chegando.

A mulher falava em mistério. Silenciosa e vagarosamente, ela deu as costas para os garotos. Eles pensaram que os deixaria em paz.

– Eu sou a ponta final do fio que o conduz ao destino. – Isaac e Gail permaneceram imóveis.

A mulher ergueu a tesoura e as lâminas deslizaram novamente uma sobre a outra, cortando um ramo da vegetação que pendia de uma árvore. O ramo caiu na palma enrugada da mão da velha e começou a se mexer como que ganhando vida.

O filamento vegetal inflou-se, contorceu-se, semelhante a uma pupa, e em poucos segundos transformou-se em uma enorme vespa amarela.

A velha abriu um sorriso macabro e com duas ou três tesouradas fez outros ramos caírem no chão. Definitivamente, aquilo não parecia algo bom.

– Vamos sair daqui, Gail!

A velha avançou carrancuda na direção deles, abrindo dentes enormes em uma boca bestial. O capuz lhe saiu da cabeça e, para espanto dos jovens, um crânio com poucos fios de cabelo grudados na careca óssea se descobriu. Não havia órbitas oculares na face lívida da caveira.

Quando Isaac puxou o braço de Gail para que fugissem do local, um enxame de vespas gigantes já vinha em seu encalço.

A TESOURA MÁGICA

    Gail ainda não dominava totalmente o poder do Cubo de Random, mas também não era mais aquela completa ignorante em relação a ele. Com agilidade, desvencilhou-se de Isaac e girou a primeira peça do Objeto, sentindo a pressão atmosférica se alterar.
    Antes que a pudessem picar, as vespas foram lançadas para longe. Entretanto, pareciam determinadas a atacá-la novamente.
    Foi a vez da garota segurar o braço do amigo e puxá-lo para perto de si. Começaram a correr para dentro da mata.
    Isaac permaneceu ao lado de Gail, pois desta forma ficava protegido contra os insetos. Se ele se afastasse um pouco, seria lançado longe pela força do vórtex formado ao redor deles.
    A barreira gerada pela circulação do ar era tal que nada passava por ela. O garoto viu uma vespa ser jogada com tanta força contra um tronco maçudo de árvore que o corpo do inseto se espremeu como que pisado pelo casco de um possante cavalo.
    Os insetos que tentavam um ataque pela frente, debandavam-se para os lados ao colidirem com o escudo de ar que se movia intenso e de forma cíclica.

Mesmo que, momentaneamente, tranquilizados pelos resultados defensivos promovidos pelo poder do cubo, eles sabiam que não estavam em segurança por muito tempo.

De alguma forma, precisavam neutralizar a ação da velha que se mantinha a uma distância segura deles. Continuamente, ela cortava ramos das árvores e produzia mais insetos nervosos e com sede de sangue.

Isaac sentiu dificuldade em correr com a espada na cintura, mas não reclamou ou descartou a arma.

– Segure-se em minha cintura! – gritou Gail.

Sem tempo suficiente para questionar a ordem, Isaac obedeceu. Agarrou-se à cintura da amiga e sincronizou seus movimentos aos dela.

Gail diminuiu o ritmo da corrida e voltou-se para a direção de onde viera. Isaac a acompanhou, movendo-se para trás e permanecendo com suas mãos presas às ancas da amiga. Agora ela lhe servia como escudo.

Durante o movimento brusco de desaceleração e curva em cento e oitenta graus, na ânsia de não ser jogado para fora do círculo de proteção criado pelo Objeto, Isaac agarrou com firmeza a cintura de Gail e seus corpos colidiram.

A reação dele quase provocou o desequilíbrio de ambos. Ele praticamente a abraçou, inclusive, impedindo-a de mover-se adequadamente como deveria para protegê-los. Isaac não afrouxou o aperto com que laçava o quadril da amiga e Gail sentiu que ele estava aterrorizado.

Por muito menos, ela sabia; outras companhias já a teriam abandonado, deixando-a seguir sozinha em busca de seu pai, mas não Isaac. Mesmo confuso, e ela podia sentir que ele se encontrava assim, o amigo permanecera.

Inúmeras vespas pararam no ar com seus pares de asas zunindo agitadas como as de um beija-flor. Gail manteve as mãos à frente com o cubo levantado, como se fosse uma adaga ou espada direcionada para os insetos.

Ela precisava deter a velha, caso contrário, dentro de instantes, não sobraria um canto sequer que não se achasse tomado pelos monstrengos voadores.

Com dois movimentos no cubo uma explosão ocorreu, atingindo e lançando os insetos para longe.

Gail observou a velha e sua tesoura. As lâminas se abriam e fechavam cortando ramos que, um após o outro, se transformavam naquelas malditas criaturas. Certamente aquele era um objeto mágico, cheio de poderes, mas o cubo também não era?

Os pensamentos de Gail permaneciam acelerados. Ela se recordou das brincadeiras de criança com seu pai, quando com gestos manuais eles simulavam pedra, papel e tesoura. A tesoura sempre perdia para a pedra, porque não podia cortá-la.

O raciocínio de Gail começou a procurar uma forma de inutilizar a tesoura mágica. E como seu único recurso era a manipulação de variáveis atmosféricas, logo lhe veio uma ideia.

Com destreza, a menina reorganizou as faces coloridas do cubo e provocou uma mudança insana na precipitação atmosférica ao redor: calor e umidade intensa de uma forma jamais vista.

Para espanto de Isaac, a menina não retrocedeu. Ao contrário, avançou na direção da velha que os ameaçava.

A grotesca senhora do pântano aparentou-se indignada. A articulação de sua tesoura começou a escurecer.

A criatura hedionda soltou um ganido semelhante ao de um animal com sua pata prensada por uma armadilha. Sua cabeça se contorceu em convulsões aleatórias e ela ameaçou avançar sobre o escudo de ar que Gail mantinha como defesa.

Isaac compreendeu o que acontecia. Sua amiga havia acelerado o processo de oxidação causado pela umidade do ar, provocando a ferrugem do metal da tesoura.

O objeto maligno na mão da cadavérica mulher já não conseguia cortar mais nada. E ela continuava a ganir desesperada.

– Pestes e agouros infernais! Não pensem que este é o fim. O destino de vocês está por um fio neste pântano.

Com aquelas últimas palavras o corpo da mulher se desintegrou diante dos olhos arregalados dos jovens que se mantinham apreensivos. A tesoura empretecida caiu no chão, já sem poder.

Em poucos segundos, o silêncio retornou à floresta.

Só então, após um breve instante de paz, embaraçado, Isaac percebeu que já não fazia sentido continuar agarrado à cintura de Gail. Foi um pouco constrangedor, mas a menina não o deixou perceber que gostara.

Ela lhe abriu um sorriso.

– O que foi aquilo? – perguntou, estorvado.

– Que bom que você está aqui comigo, Isaac.

– Que bom que temos o cubo.

Isaac lhe devolveu o sorriso.

Bátor corria grande perigo, se ainda estivesse vivo – e eles queriam acreditar que estivesse. Contudo, acabaram de vencer um ser funesto e estranho, com poderes bizarros. Tinham um motivo para ficarem felizes. E um motivo de alegria em meio à tribulação é tudo o que precisavam para sentirem-se esperançosos.

– O terreno do pântano não é regular – apontou Isaac.

O caminho formado em meio às árvores taciturnas que escureciam o ambiente logo à frente era tortuoso. Havia um declive, mas não podiam ver ao longe, porque a vegetação emparedava o horizonte.

Na ânsia de se livrarem das vespas, eles não atentaram para a direção tomada e perderam as pegadas que seguiam, os únicos sinais para continuarem a busca.

– Vamos adiante.

– Podemos ficar perdidos, Gail.

– Já não estamos?

Isaac olhou ao redor como se certificando do que acabara de ouvir.

– Eu estou com sede. Vamos descer por este caminho e veremos no que dá. É possível que encontremos água nas regiões mais baixas.

Embora soubesse que o amigo dissera aquilo apenas para tirar a impressão desesperadora do que ela acabara de falar – que já estavam perdidos –, Gail deixou que ele seguisse na frente e o observou por um tempo.

As raízes retorcidas das árvores projetavam-se para o alto ao longo do pendor, formando um túnel vegetal entre amontoados de caules musgosos e enegrecidos. A passagem, entretanto, não ficava obstruída. Desceram com facilidade, sempre mantendo a cautela. Estavam em terreno desconhecido e perigoso.

Chegaram a uma depressão onde havia um charco. Isaac estendeu a mão para apanhar água, mas foi detido pela amiga.

– Ela não me parece boa para o consumo.

– Mas estou com muita sede.

Gail arrancou uma enorme folha de um galho no alto, limpou as teias de aranha – não havia pupas ou casulos – e a entregou a Isaac.

– Segure-a nesta posição. Quero aproveitar e fazer um teste – instruiu a menina, retirando o cubo do bolso.

Com cautela, Gail movimentou o Objeto.

Uma pequena nuvem começou a se formar entre eles, evoluindo para estratos à medida que a torção no cubo se processava.

Gail continuou a girar lentamente a peça até que, de repente, como mágica, uma gota de água caiu sobre o limbo da folha que Isaac segurava.

Eles soltaram uma gargalhada e a gota escorreu para o solo. Em seguida, como uma cascata surgida de um algodão flutuante, chuva caiu do estrato e encheu a folha, que agora lhe servia como copo.

Isaac matou a sede, mantendo na face um largo sorriso. Gail adorou ver a cena. A água continuou a cair da nuvem, enquanto ele servia sua amiga.

No final, aproveitando o frescor e a magia do momento, ele esperou que a folha ficasse cheia novamente e jogou a água no rosto de Gail.

Durante aquele breve instante, a aflição os deixou.

Saciados, retomaram a caminhada, sem rumo, perdidos, mas decididos a encontrar Bátor.

– Eu não dava valor aos Dados de Euclides, Gail. E agora não tenho mais o poder que eles possuem – confessou o garoto, tirando o saco do bolso e olhando para os dados em sua mão. – Eu não sabia o que fazer quando vi aqueles homens prendendo seu pai. Eles me usaram como isca para conseguirem levá-lo.

– Você fez o que lhe parecia correto, Isaac. Se não tivesse remexido no bolso e eles não tivessem descoberto o Objeto, agora você se lamentaria pelo fato de não ter tentado negociar com eles.

A lógica lhe pareceu correta.

– Quanto a não o valorizar – Gail continuou, enquanto seguiam pela mata –, acredito que não exista um Objeto melhor do que outro, apenas Objetos com funções diferentes, porém, todas necessárias.

Ninguém melhor do que Isaac para compreender aquilo, pois ele passou a desejar novamente o poder de "pré-ciência". Contudo, não tinha certeza se voltaria a possuí-lo.

Sem saber para onde ir, mas com a intenção de transmitir segurança à garota, Isaac subiu uma colina a oeste. Não se perguntaram se deviam seguir para lá. Ele foi e ela o acompanhou. Aos poucos o ambiente ficou mais claro, iluminado intensamente pela luz solar.

A luz do sol os aqueceu.

Do alto da colina não conseguiam enxergar nada de expressivo ou que lhes desse qualquer sinal de vida na extensa região pantanosa. O desânimo poderia alcançá-los e aquele bom sentimento que inundara seus corações, minutos antes, ameaçava deixá-los. Para impedir que isto ocorresse, Isaac protagonizou algo que jamais imaginara e acreditava que jamais tornaria a fazê-lo. Ele começou a cantar.

O grande problema é que ele, apesar de possuir certa afinação, não possuía potência na voz. Fosse pelo que fosse, a canção saiu falhada, pela insegurança no canto ou pela falta de prática.

Gail se surpreendeu com aquela atitude e ficou em silêncio. Não havia nada mais belo que ouvi-lo naquele momento. Uma paz inundou seu coração, trazendo-lhe consolo.

Canção do Luar

A luz da lua se foi
Cercado me encontrei pela escuridão
Cadeias do inferno prenderam minhas mãos
Quando a luz da lua se foi.

O vento gelado soprou
Sem rumo eu me encontrei
Cadeias da morte tentaram me abalar
Quando o vento gelado soprou.

Como poderia temer
Terrores noturnos e a perseguição
Se minha esperança e meu galardão
Estão no mais alto dos céus?

Minha força não vem de meu braço
Nem do lombo de meu cavalo
Eu creio na força que está muito além
Do que os olhos alcançam e veem.

Estando angustiado e triste clamei
Do alto céu ouviu a minha voz
E dos meus inimigos com seu poder livrou-me
Subiu, voou em querubins
Foi visto pelas asas do vento.

Como poderia temer
Terrores noturnos e a perseguição
Se minha esperança e meu galardão
Estão no mais alto dos céus?

Eu vejo a luz cortando o céu.
Abrindo estradas
Nunca antes pisadas
Eu vejo a luz cortando o céu.

Ao final da música, a menina encarou seu amigo, curiosa, e continuou a caminhar.

– Esta é a "Canção do Luar". Nas viradas de ano em Finn, sempre tocam esta música – ele riu. – É quase improvável que alguém por lá não a conheça.

– Isaac Samus de Finn, então, você também é um cantor!

– Não! Eu sou péssimo nisso, eu sei.

Gail riu.

– Eu aprecio a música. Isso não faz de mim um cantor.

– Oh, quanta humildade – galhofou ela.

– Gail, a música é matemática. Por causa disso eu gosto e conheço alguns de seus segredos.

– Você não se diz cantor, mas se gaba por conhecer os segredos da música.

– Pare com isso. Você está fazendo hora com minha cara.

O olhar afetuoso de Isaac encontrou-se com o de Gail.

– Na verdade, eu decidi cantar porque estamos perdidos, a vida de seu pai, meu melhor amigo, corre perigo e...

– Seu melhor amigo?

Isaac não soube se devia sentir vergonha por ter revelado aquele sentimento. Escapulira de seus lábios. Gail percebeu que o constrangera; então, não insistiu no assunto.

– Na verdade, eu acho que tomei a direção errada – ele apontou para trás, referindo-se ao momento em que, tentando transmitir segurança, subiram a colina. – Estamos perdendo tempo em nossa busca, mas eu não tenho a menor ideia do que fazer, Gail. Muitas vezes me sentia assim em Finn. Perdido. Odiava ser o menino caipira das montanhas. Então, cantava essa canção e ela me fazia esquecer as coisas ruins que eu sentia. Minhas impossibilidades, minha insignificância, a ideia de que jamais sairia daquela cidadezinha para conhecer o mundo. Cantá-la era como ver o raiar do sol assentado no pico mais alto da cidade, Gail. A letra e a melodia dessa música me faziam sentir aquecido mesmo na noite mais gelada do inverno de Enigma.

O silêncio que se fez entre eles foi necessário para que ambos se recompusessem. Isaac de suas nostalgias e Gail dos pensamentos agradáveis que começaram a povoar sua mente, todos referentes a Isaac.

– Acho que você conseguiu. Ouvir a canção foi como sentir-me aquecida mesmo na noite mais gelada do inverno de Enigma.

Isaac corou ao escutar aquilo.

– Mas não pense em seguir carreira como cantor. Você passaria fome – completou a menina, zoando.

– Tudo bem – ele riu. – E agora, para onde vamos? O pântano é muito grande, precisamos pensar em alternativas.

– Estamos mais tranquilos e calmos, depois da manhã terrível que tivemos. Papai sempre me orientou a parar, controlar as emoções e, só então, buscar soluções para meus problemas. Eu só nunca imaginei que o problema seria perdê-lo para um bando de marginais.

Isaac assentiu. Enfim começariam a tomar decisões com razoabilidade.

– Para qual direção seguiremos: norte, leste ou oeste? Seja qual for, lembre-se, não teremos garantias de que seguimos a direção certa.

Gail compreendeu que ele aguardava a decisão dela. Observou que não tinha indício algum de que um caminho seria melhor que outro. Olhou para a passagem que descia para leste e chamou-o para que a seguisse.

Adentraram novamente uma região escurecida pelo entroncamento de galhos retorcidos que se erguiam assombrosamente formando um teto natural. O solo sempre úmido e fofo estava agora coberto por seixos e pedras escorregadias.

Caminharam na penumbra por quase um quilômetro em um relevo plano, atentos a qualquer ruído estranho ou agitação nas folhagens laterais. Ora subindo por trilhas sinuosas, ora atravessando valas inundadas. Nada aconteceu. Nenhum sinal de vida, nenhum sinal de Bátor ou mesmo de seu raptor. Eles não tinham mais pegadas, ruídos ou pistas para seguir.

A angústia os alcançaria novamente, o cansaço os abateria em instantes e um temor ainda maior e real aconteceria dentro de poucas horas, pois o pôr do sol os lançaria na densa escuridão e no frio rigoroso.

Concluíram ter escolhido a direção errada novamente. Não foi fácil admitir, mas começavam a ficar famintos, cansados, com um aperto no coração pela vida do paladino, e o tempo estava contra eles. Se refizessem todo o caminho de volta, certamente passariam a noite na escuridão do pântano. Seguir uma nova direção, pelo menos, lhes dava a chance de, talvez, encontrarem uma estrada, uma fazenda ou, quem sabe, um vilarejo.

Vilarejo? Nem Isaac nem Gail estavam certos sobre a existência de cidades por aquelas bandas. Ao que tudo indica, o pântano era uma extensa área de terra abandonada, inóspita, solitária e assombrosa no reino de Enigma, como se uma magia maligna houvesse sugado todo fôlego de vida, todo encanto e graciosidade das plantas, animais, e da própria atmosfera por ali.

Cem metros adiante, seguindo para o leste, a constituição vegetal do pântano alterou-se drasticamente. Isaac e Gail não podiam acreditar no que viam: uma floresta de choupos.

Árvores que alcançavam trinta metros de altura preenchiam toda a paisagem adiante como se fossem um exército em prontidão. Seus troncos aprumados possuíam folhas romboides, simples, com margens serrilhadas. Suas inflorescências axilares se assemelhavam a espigas de milho. Uma neblina parca inundava as galerias largas formadas pelas fileiras de álamos e a temperatura naquela região do pântano caía sensivelmente.

A monotonia causada no último trecho da jornada pelos emaranhados de galhos secos retorcidos e trilhas apertadas foi quebrada. A distância entre um tronco e outro na floresta de choupos era tão grande, e a copa colunar das árvores tão alta, que a região em que adentraram traduzia-se em uma única palavra: espaço.

Diferente do que haviam experimentado até ali, conseguiam enxergar metros de distância à frente. E o que viam era um solo plano coberto de folhas amareladas e detritos orgânicos em decomposição.

Gail teve vontade de gritar o nome de seu pai. Estava confusa. Tentou relembrar as rimas na folha de recompensa, mas sabia que ali não havia qualquer outro tipo de enigma. Então, veio-lhe à mente uma pergunta sobre a qual não desejava refletir: quem estava por trás do sequestro de Bátor?

– No vilarejo, o bandido nos falou alguma coisa sobre uma mulher que vive no pântano. E se for aquela velha que nos encurralou logo na entrada? Será que a destruímos?

Isaac e Gail caminhavam pela floresta de álamos, à medida que matutavam em suas mentes aquele enigma.

– Aquilo era uma monstruosidade.

– Uma bruxa, Isaac.

O garoto olhou com suspeita para sua amiga.

– Quando estávamos no aqueduto, na floresta de amoreiras, você me falou que não existiam mais feiticeiras em Enigma.

Ela concordou com um movimento de cabeça.

– É um cisne negro.

Isaac ficou ainda mais confuso, com aquela resposta.

– Em Enigma – explicou Gail –, houve um tempo em que não se acreditava na existência de cisnes negros. E essa crença perdurou até o primeiro ser encontrado. O que deixou claro ser falsa a crença inicial de que eles não existiam.

– Entendi.

– Não é porque nunca vimos algo, que ele, de fato, não exista. Não é porque as bruxas foram banidas de Enigma que nunca mais voltarão. E parece que elas voltaram, Isaac.

Assim que reforçou a teoria para o amigo, no passo seguinte, a menina sentiu seu pé afundar no solo até a altura dos tornozelos.

Isaac não teve tanta sorte quanto Gail. Seus pés sentiram a falta de sustentação do piso, mas sua mente não foi ágil o suficiente para mandá-lo parar. Ele se desequilibrou e tombou para a frente.

Suas pernas submergiram no atoleiro, evidenciando que a depressão no solo era bem mais funda do que ele poderia imaginar. Um jato de lama ribombou como a explosão de um canhão na direção da copa das árvores, assustando-os.

– Areia movediça! – exclamou Gail.

Com um raciocínio rápido, a garota buscou o cubo em seu bolso, a fim de usar a magia para salvar a vida do amigo.

Isaac, inicialmente, gritou por socorro, enquanto se debatia, afogando-se numa espécie de piscina de lodo. Contudo, percebeu que quanto mais se movimentava, mais rápido ele afundava. O peso da espada de Bátor piorava a situação.

Outro jato de lama saiu do atoleiro, projetando-se para o alto como o primeiro. Gail percebeu que eram bolsões de gases oriundos das camadas mais inferiores do pântano que iam sendo liberados. E notou também que podiam ser perigosos. Só que chegou a esta conclusão tarde demais. As explosões começaram a pipocar ao redor de Isaac, que afundava cada vez mais. Uma delas foi tão forte que arrancou o Cubo de Random das mãos da menina.

O Objeto de Poder foi lançado para o alto com violência e os olhos de Isaac e Gail acompanharam, aflitos, a parábola que seu percurso executou no ar.

Devido às bolhas de gases que se desprendiam da lama, todo o lago de areia movediça agitou-se. Só então, Gail conseguiu ver os limites do perigo. Para seu espanto, o Objeto caíra sobre uma pedra no meio do lamaçal.

Ela olhou para o cubo, inacessível; depois olhou para Isaac, a superfície de lama já tocava o pescoço de seu amigo.

NO PÂNTANO

Gail raciocinou com rapidez.

A queda de Isaac movimentara toda a traiçoeira massa líquida que formava o atoleiro, provocando a liberação dos gases antes aprisionados nas camadas inferiores.

O Cubo de Random fora lançado em um local sem acesso e o silêncio no pântano fora quebrado pelos gritos da garota, prometendo que salvaria o amigo. Mas Isaac sabia que dificilmente aquela promessa se cumpriria.

Impossibilitado de mover a cabeça, ele sentiu algo tocar sua nuca. Um renque de galhos de álamo fora feito às pressas por Gail, que se esticava, às margens da areia movediça, tentando fazer com que Isaac se agarrasse a ele. Contudo, na borda do atoleiro, onde ela conseguia a menor distância até o garoto, este ficava de costas para ela e a mão dele não alcançava o único instrumento que poderia puxá-lo para fora.

– Isaac! Segure os galhos, Isaac...

A aflição de Gail começava a evoluir para o desespero.

Uma nova explosão de gases eclodiu, arrancando-lhe os galhos da mão. Ela se projetou para trás, evitando cair na massa líquida e traiçoeira. Levantou-se e correu para a outra margem.

Seus pensamentos desordenados traíam-na. Fitou, com pesar, o cubo imóvel no meio do charco ondulante. Chegou a pensar que nunca mais o possuiria novamente. Que dia sórdido e traiçoeiro! Isaac perdera o poder dos Dados de Euclides, Bátor fora raptado e agora o Cubo de Random estava longe de suas mãos...

Perplexa, Gail concatenava em sua mente todos aqueles eventos, na tentativa de encontrar algum padrão nas ocorrências indefiníveis e indesejadas que surgiram.

O queixo de Isaac já se encontrava submerso e ela sabia que precisava encontrar rápido um caminho sólido no meio do pego, se quisesse resgatar o amigo. Mas para seu horror, viu algo espantoso e grotesco à sua frente. Algo que a paralisou.

A cabeça gigante de um monstro saiu do meio da névoa que embaçava um caminho lateral da floresta. Ele avançou com agilidade na direção da garota.

Existia uma antiga história sobre *goblins* que fizeram morada no pântano, mas não sobre monstros gigantescos. O pântano era formado por um verdadeiro labirinto vegetal, rústico, mas definitivamente não poderia ser habitado por criaturas colossais. Não, situado tão próximo a Corema. De outra forma, a menina teria conhecimento disto.

Gail correu para o local de onde viera, contornando novamente o charco. Entretanto, um novo susto quase a fez jogar-se na areia movediça. Desta vez, um pequeno ser com feições envelhecidas, bloqueava o caminho para onde ela seguia.

A menina teve a leve sensação de já ter visto algo parecido com aquela diminuta criatura, mas não teve tempo de pensar sobre isso, uma vez que sua atenção foi desviada para a ordem que o pequeno ser deu à besta gigante:

– Passe-me os braceletes!

O monstro grotesco era Arnie, o gigante gentil, que atendeu prontamente o pedido de Le Goff, o ser com feições envelhecidas, que Gail achara pavoroso.

O anão passou correndo pela menina e encaixou em seus braços os braceletes que recebera. Os Objetos moldaram-se aos pulsos do anão como que por magia, deixando Gail confusa.

De repente, asas enormes se expandiram das costas do albino, perfazendo uma cena esplendorosa. Mesmo encantada, Gail manteve-se tensa por um tempo. Não sabia o que aconteceria, mas percebeu que as criaturas tentavam ajudar.

O voo de Le Goff foi majestoso e preciso como o de um anão acostumado àquilo.

Ele alcançou Isaac e segurou a única parte do corpo dele que ainda estava para fora da lama: a mão direita. Ergueu-o com a facilidade com que um escritor arranca sua pena de um tinteiro, desviou-se de um jato de gases subterrâneos que explodia na direção da copa das árvores e franziu o rosto ao perceber que eles fediam.

Gail assistiu ao resgate, emocionada. Isaac recobrava o ar dos pulmões. Ele se mostrava fatigado, todo sujo, porém vivo. Ela o acomodou na relva, quando o anão aterrissou.

– O cubo! Pegue o cubo! – ela orientou, enquanto confortava o amigo.

Com a visão aguçada, Le Goff enxergou o objeto caído no meio do mar de lama, que agora começava a se aquietar. Intrépido, alçou novo voo. Aproximou-se do Cubo de Random e o coletou.

Um estremecimento correu pelo corpo do anão. Ele sentiu uma energia se dissipar com acentuada velocidade em todas as direções, mas ainda não imaginava que tocara outro Objeto de Poder.

Ele agora possuía três deles: o Pergaminho do mar Morto, em sua bolsa; os Braceletes de Ischa, em seus punhos e o Cubo de Random, em sua mão.

"O que foi aquilo?" perguntaram-se mentalmente os três seres às margens do atoleiro, pois viram uma forte energia se dissipar do corpo do anão. Até mesmo Isaac, convalescente, notou o ocorrido e ficou maravilhado.

Sem entender o que ocorrera, Le Goff retornou, rapidamente, e entregou o cubo a Gail, retirou os braceletes e os devolveu a Arnie.

Todos viram as asas do anão minguarem e se retorcerem em suas costas.

Gail recordou-se de Isaac se transmutando em um dragão no aqueduto. Ela olhou para os braceletes, agora nos punhos do gigante e começou a suspeitar do que se tratava tudo aquilo.

– Este é um Objeto de Poder. Quem são vocês?

Isaac pareceu se reestabelecer mais rápido com a afirmação da amiga.

– Eu me chamo Arnold Míron, mas podem me chamar de Arnie.

Isaac e Gail encararam aquele olho único e enorme no rosto do gigante e encontraram simpatia.

Antes que Le Goff pudesse se apresentar, eles sentiram um abrupto deslocamento de ar sobre suas cabeças. Olharam para a copa dos álamos e assistiram a outro anão alado descer graciosamente.

– Bernie! – gritou Isaac, recomposto, mas agora embasbacado.

O voador pousou e reconheceu o amigo. Presa ao redor do corpo, ele trazia uma bolsa com seus pertences e, à cintura, duas adagas. Isaac concluiu que viajava. Só não houve um forte abraço de amizade, porque as roupas de Isaac estavam encharcadas.

– Bernie – repetiu Gail, quase que em um sussurro, como se aquela fosse a visão que ela mais desejava ter, depois, claro, de encontrar seu pai vivo.

– Isaac! Gail! O que vocês fazem por aqui?

Le Goff estranhou aquelas apresentações tão afetuosas. Pensou em se introduzir, mas novamente não houve oportunidade. Isaac e Gail estavam literalmente hipnotizados com a chegada de Bernie.

Diante da pergunta do anão, Gail engoliu em seco e sentiu uma vontade de chorar, pelo simples fato de ter que contar que seu pai fora levado por mercenários.

Bernie percebeu a tristeza tomar conta da face da menina, por isso o sorriso também fugiu-lhe do rosto.

Arnie estranhou a mudança brusca no semblante da garota e previu que, daqueles lindos olhos azuis, começariam a cair lágrimas. Le Goff pensou novamente em se apresentar, mas estarrecido pelo choro que começava a brotar dos lábios de Gail, desistiu.

– Bátor foi sequestrado – revelou Isaac. – Levaram o pai dela.

As três figuras à sua frente compreenderam e fecharam o cenho, enquanto Isaac acolhia a amiga em seus braços, a despeito de sua roupa enlameada.

– Tudo aconteceu muito rápido na manhã de hoje.

Isaac evitou detalhar o ocorrido, porque não queria intensificar a tristeza da amiga que se manifestou por meio das lágrimas. Ele imaginava quão pesaroso para Gail estava sendo o dia, pois para ele também estava difícil.

A filha de Bátor suportara tudo até aquele momento: a cavalgada frenética até o pântano, a fuga das vespas, o susto ao pensar que havia perdido o cubo e perdido também o amigo. Isaac precisava deixar Gail chorar, o quanto fosse. Por isso fez sinal para Arnie, Le Goff e Bernie, dando a entender que mais tarde conversariam.

– Muito prazer, eu me chamo Le Goff – apresentou-se o anão, sem demonstrar esforço para ser notado. E também não teve certeza se alguém o escutou.

Na verdade, aquele efusivo e alegre momento que viveram instantes atrás, durante o salvamento, dera lugar a uma atmosfera triste.

Isaac assentado no chão úmido da floresta de choupos acolhia Gail nos braços; Bernie próximo deles consolava a menina; o gigante olhava ao redor, buscando encontrar uma solução para algo ainda desconhecido para ele; e Le Goff, respeitosamente, observava o triste casal abraçado no chão. Todos os corações sentiam-se enlutados.

Enquanto isso, as sombras se alastravam rapidamente por todos os cantos, esticando-se, como se fossem dedos bestiais de seres da escuridão invadindo a floresta. O silêncio servia-lhes como sinal de que as coisas não deveriam melhorar nas próximas horas, pois a noite se aproximava. Terrores maiores os alcançariam.

Le Goff tirou uma muda de roupa de sua bolsa e deu-a para que Isaac se trocasse. O garoto era alto, mas as vestes lhe serviram.

Então, depois de um tempo, finalmente a inércia do grupo foi quebrada.

– Precisamos agir. Precisamos encontrar o pai da garota – disse Arnie.

– Corremos pelo pântano o dia todo... – ao perceber que falaria coisas negativas, o matemático mudou o teor de seu discurso – Vocês precisam nos ajudar. Agora temos reforço, Gail – disse a última frase voltando-se para a amiga. – Bernie, você pode voar. Ajude-nos a procurar Bátor.

Todos percebiam que Isaac tentava conter sua aflição ao falar.

– Eu acho que temos uma vantagem.

Todos os olhares se voltaram para Le Goff.

Mesmo emocionalmente destruída, a esperança vinda da declaração do anão iluminou as trevas no coração de Gail. Ela não sabia qual era a proposta do alado, mas era algo ao qual decidiu se apegar.

– Vocês têm certeza de que quem o raptou o trouxe para cá? – perguntou o albino.

– Por favor, conte-nos logo, qual é o seu plano? – insistiu a menina, aflita.

Le Goff tirou o pergaminho do bolso.

– Minha querida, acredito ser capaz de lhe mostrar o que aconteceu com seu pai, mas esteja preparada... o pergaminho não mente.

– Você sabe onde ele está? – estranhou Isaac.

– Este é o Objeto de Poder de meu povo.

O brilho de esperança nos olhos de Gail se reforçou. Isaac ficou literalmente petrificado.

– Ele me permite viajar ao passado e saber como qualquer parte da história ocorreu. Só não posso alterá-la.

– O que estamos esperando?

– Você me confirma o nome de seu pai? Bátor, não é?

– Eu também quero ir, Le – intrometeu-se Arnie, colocando a mão direita sobre os ombros de Isaac. – Vamos, garoto! Dê a mão a sua amiga.

Confuso e apreensivo, Isaac obedeceu à ordem do gigante. Ele e Gail estavam ansiosos para ver como aquilo se processaria. Le Goff não fez objeção de viajarem juntos ao passado.

– Vicente Bátor. O nome do meu pai é Vicente Bátor.

– Mostre-nos o que aconteceu com...

Antes que o anão pronunciasse o nome do paladino, a floresta de choupos desapareceu, dando lugar a um cenário ainda mais sombrio: havia pouca luz e muito cheiro de mofo. Bernie não estava mais com eles, fora deixado no presente.

Os quatro viajantes do tempo encontravam-se em uma galeria enorme, de teto alto, sombria e opressiva. Havia aberturas em níveis diferentes do imenso salão. Uma ponte ligava dois lados; terminando em portais escuros e silenciosos.

O piso da galeria, extremamente plano, era quadriculado. Não havia cores naquele lugar, apenas tonalidades escuras.

Repentinamente, um homem maltrapilho e suado adentrou a galeria carregando Bátor nos ombros. O chefe da guarda tinha as mãos e pernas amarradas. Um saco cobria-lhe a cabeça.

– Papai!

O grito aflito de Gail não podia ser ouvido no passado. Ela se lembrou das palavras do anão de que seria impossível modificar o que ocorrera. Portanto, permaneceu como expectadora.

Isaac estava assustado com o poder do Objeto do anão. De fato, eles assistiam ao passado ali, bem diante de seus olhos.

– Aqui está o paladino! – gritou o mercenário.

Sua voz ecoou.

Isaac, Gail, Arnie e Le Goff se aproximaram, quando Bátor foi colocado no chão. Ele se mexeu, provando estar vivo. Em seguida, o saco foi removido de sua cabeça.

O guerreiro tossiu, buscando ar. Não fazia ideia de onde se encontrava e por que fora levado até ali.

Os olhos de Gail lacrimejaram. Ela desejou abraçar o pai, tocá-lo.

– Aqui está ele, o "paladino viajante que do oeste cavalga arfante".

O homem recitou parte do poema impresso na folha encontrada por Gail na estrada para Corema. Nada aconteceu.

– Senhora do pântano, tenha misericórdia. O que te peço é que cumpra com o prometido.

Nesse instante, o homem retirou do bolso uma folha e a levantou na direção da escuridão.

– Eu capturei o homem, eu segui o caminho como nos foi ordenado...

Um ruído sinistro ecoou do breu à frente. Por causa do susto, o homem deixou cair a folha que segurava.

O quarteto olhou para a folha no chão, mas não por muito tempo, pois outro ruído ocorreu. Tomaram novo susto, desta vez, devido a aproximação de uma presença opressiva.

Arnie foi o único que voltou a olhar com curiosidade para a folha caída no chão.

Ela continha linhas rabiscadas em todas as direções sobre um fundo quadriculado. O gigante suspeitou tratar-se de um enigma. Procurou encontrar um padrão nos rabiscos e enxergou apenas o desenho de uma borboleta com asas abertas. Riu da tentativa de decifrá-lo.

Arnie foi o último a perceber que um pavoroso ser se descobria das trevas. De maneira letárgica, um vulto semelhante à figura de uma mulher se aproximou. Lentamente, como alguém que não se importa com a presença de estranhos, como se fosse a dona daquele lugar há muito tempo esquecido, ela caminhou até o centro do salão.

O rosto da mulher era ressequido como o de uma caveira. No lugar de suas órbitas oculares havia apenas pele. Um sorriso repulsivo desenhava-se no rosto cadavérico e nas mãos ela trazia um novelo brilhante como o ouro. Com curiosa satisfação ela investigou o corpo de Bátor caído à sua frente.

Isaac começou a sentir o estômago embrulhar. Seus amigos, entretanto, não repararam que ele começava a passar mal naquela dimensão do passado.

– Bom – sussurrou a mulher, sibilando como uma serpente –, o que mais você encontrou?

O homem pareceu ficar desorientado.

– Onde está a outra mulher? Ela não nos falou de mais nada além do paladino.

A criatura sibilou algo incompreensível, fazendo os nervos do homem tremer.

– Que outra mulher? – perguntou, num tom zombeteiro.

– Val, Valquíria... foi este o nome que ela me deu, quando nos encontrou no salgueiro logo acima.

Novo sibilo desconfortante.

– Veja! Meus companheiros estão mortos. Todos. Eles se sacrificaram porque, assim como eu, precisavam dessa recompensa. Só peço que cumpram com suas promessas.

A mulher rodeou o homem. Enquanto caminhava em círculo, seu manto enegrecido e rasgado nas pontas parecia flutuar.

Le Goff arregalou os olhos e deu uma cotovelada em Arnie, como se algo lhe viesse à memória.

– O que mais você trouxe para mim?

– E-e-eu não sei do que você está falando... sua irmã... ela só nos falou do forasteiro com duas crianças...

Os olhos de Le Goff se arregalaram ainda mais, quando a mulher começou a levantar os braços. Em uma das mãos ela mantinha o novelo dourado, na outra, segurando uma ponta do fio que saía dele, ela também segurava uma tesoura igualmente brilhante.

Gail reconheceu aquele segundo objeto.

As contrações no estômago de Isaac tornaram-se mais violentas, fazendo-o curvar o corpo para frente e franzir a testa.

– Isaac, o que foi? – perguntou Gail ao perceber a dor do amigo.

Um vapor imundo vindo de um dos portais soprou forte para dentro do salão.

Arnie voltou a olhar para a folha com os rabiscos caída no chão. Ele tentou usar alguns truques que aprendera com Le Goff para conseguir memorizar os movimentos retilíneos no desenho quadriculado, mas desistiu. Sem se dar conta do que fazia, ele se abaixou, para pegá-la. Ele sequer lembrou-se de que era impossível interagir com objetos fora de sua linha temporal.

No chão, Bátor começou a ficar irrequieto, remexendo-se, na tentativa de se livrar das amarras. O homem que o prendera começou a gaguejar e a tremer de medo.

– Eu não sei o que mais você quer de mim! E-e-eu...

As mãos da mulher-cadáver se elevaram o mais alto possível, até que se aproximaram e um pedaço do fio dourado foi cortado.

Um som grave e retumbante ouviu-se. Veio de outro portal.

– Receba sua recompensa.

A voz afiada da senhora do pântano paralisou por completo o malfeitor. Bátor rolou pelo piso, com intuito de se afastar do centro do salão.

– Agora, dê-me a moeda.

E, finalmente, o ladrão soube atrás do que a criatura das trevas estava. Apavorado, ele retirou a moeda do bolso, mas deixou-a cair.

O rosto da mulher se aproximou do dele. Não havia hálito na enorme boca que se abriu. Seus dentes, porém, eram afiados como as presas de um javali.

Sem que pudesse aguentar, Isaac tombou, estrebuchando próximo da moeda de ouro. Uma dor enorme o consumia.

Arnie e Le Goff não entenderam nada. Gail não sabia se devia se preocupar com Bátor que, desesperadamente, rolava tentando fugir, ou se cuidava de amparar Isaac.

A boca feroz e medonha da senhora do pântano arrancou um pedaço do rosto do ladrão, que tombou morto. De dentro do manto negro, a mulher se transfigurou em uma criatura semelhante a uma serpente.

Tomado de chocante êxtase, Le Goff falou para seus parceiros:

– Precisamos dar o fora daqui.

– Ainda não! – gritou Gail.

A criatura rastejava na direção de Bátor, lentamente, fazendo com que a agonia dos expectadores se intensificasse a cada segundo.

– Isaac! O que está acontecendo? – Gail conseguiu colocar o amigo de joelhos e olhou para a moeda que reluzia. Em seguida, voltou o olhar para seu pai. Ela não sabia com o que devia se preocupar mais.

– Visitas ao passado podem ser uma armadilha, garota. Eu avisei.

– Papai!

– Tire-nos daqui, Le – ordenou o gigante. – Já vimos o suficiente.

Arnie tocou o ombro de Gail, que se mantinha abraçada a Isaac. O matemático esticava a mão direita, tentando alcançar a moeda. Le Goff deu a mão a seu amigo colosso e pediu que o pergaminho os levasse de volta ao presente.

Bernie só percebeu Isaac caído e Gail abaixando-se para ajudá-lo, como se nada houvesse acontecido naquela fração de segundo.

– Acalme-se! – gritou a menina para o amigo.

– O que aconteceu por lá?

Le Goff ainda respirava ofegante, sem conseguir dar qualquer tipo de resposta para o alado à sua frente.

Isaac começou a se recompor.

– Isaac!

Ele olhou para Gail.

– Talvez a moeda não pudesse ter sido separada dos dados... de alguma forma... eu não sei – tentou explicar a menina.

– O homem falou um nome: Valquíria.

Todos olharam para Arnie.

– É um nome de origem valesa – explicou o albino. – Esse povo habitou a Baía dos Murmúrios ao leste de Enigma e foi destruído muito tempo atrás pelos *surfins*, um povo selvagem de Ignor. Sim. O mesmo que escravizou e quase exterminou os aqueônios naquela época.

Certamente não era um momento propício para histórias dos povos de Enigma, mas todos acharam curioso ouvir o que Le Goff contava.

– Aquilo não era de fato uma pessoa, era um ser sobrenatural – interveio o gigante.

– Seja uma valesa ou uma criatura das trevas, o que quer com meu pai?

– Ela é um fantasma – suspirou o albino, compreendendo o que Arnie tentara lhe dizer com o olhar durante a visita ao passado.

Bernie não entendia nada.

– Como assim um fantasma? – perguntou Isaac.

Le Goff olhou para Arnie antes de responder.

– Já estivemos aprisionados em um lugar como aquele antes, em um calabouço bidimensional debaixo do Cemitério Esquecido dos Anões Alados. Uma espécie de masmorra arquitetada por duendes.

– Rafan!

– Sim, Arnie! Você se lembra, não é? Rafan. Ainda não consigo compreender, mas aquela senhora com traços mórbidos também me fez lembrar.

– Do que vocês estão falando?

Ignorando a pergunta de Gail, Le Goff continuou seu raciocínio.

– Bátor está em algum lugar debaixo da terra, pois o homem que o carregava falou sobre um salgueiro na superfície; provavelmente marcando a entrada para aquele submundo.

Olhando para o pergaminho, Le Goff perguntou:

– Quem é a mulher chamada Valquíria?

Em seguida, começou a ler o texto que surgiu no Objeto:

Valquíria, valesa, mãe do rei Atoc Ecram, assassinou Lilibeth, quando esta criou o Objeto de Poder das mulheres encantadas.

Antes que o povo valês fosse varrido da terra de Enigma pelos surfins, *ela conseguiu escapar com a ajuda dos* goblins, *a quem se aliara. Estes seres maléficos e importunadores, habitantes dos desfiladeiros sórdidos do Planalto de Gnson, levaram-na em segurança para a campina a oeste da Floresta Harmoniosa.*

Buscando recomeçar a vida, Valquíria se apaixonou por Parco, um homem bom e trabalhador, pai de três meninas cegas. De maneira sagaz, assim como fizera com Lilibeth, a valesa tramou a morte da esposa de Parco, igualmente orientada pelo goblin.

A pobre e malvada mulher não pretendia somente recomeçar a vida casando-se com Parco, como também se vingando da descendência de Lilibeth. Tomada pela falta de perdão, o desespero e a inveja possuíram seu coração.

Convencida pelo ser das trevas, ela acreditou que só haveria chances de ser amada por Parco, se as três filhas fossem eliminadas de seu caminho. Era o que o goblin *precisava e a condição que ele impôs para que a maldição recaísse sobre as fadas.*

Três objetos mágicos foram dados à Valquíria para que ela colocasse fim à vida das irmãs: um novelo, um fuso e uma tesoura. Entretanto, as coisas não saíram como ela esperava, e tornaram-na uma mulher ainda mais amaldiçoada.

As mortes eram necessárias para se consumar o plano do ser demoníaco que manipulava Valquíria. E o plano era: a criação de Três Objetos Trevosos.

Nesse instante da leitura, Le Goff calou-se. Seu olhar ficou perdido no espaço à sua frente por um bom tempo. Os ouvintes também demonstraram inquietação.

O anão repetiu o último parágrafo antes de prosseguir.

As mortes eram necessárias para se consumar o plano do ser demoníaco que manipulava Valquíria. E o plano era: a criação de três Objetos Trevosos.

Ao ver as filhas mortas, Parco decidiu deixar esta existência.

Valquíria percebeu tarde demais que fora enganada pelo astuto goblin, a quem agora sua alma pertencia. Assim, o fantasma dela passou a habitar escondido o submundo da campina, onde nada mais floresceu como antes, dando lugar a um pântano obscuro.

– Esse pergaminho é poderoso – disse Gail, assustada. – Com ele, você pode descobrir qualquer coisa que tenha ocorrido com qualquer pessoa.

Le Goff se encheu de vaidade ao ouvir aquilo.

– O que vem acontecendo neste pântano não é fruto de coincidências – suspirou a menina. – Eu não acredito em coincidências. É como se alguém fosse capaz de conduzir nossos passos, mesmo que achemos que estamos tomando as decisões.

PARTE III

PARA O OESTE

(No dia anterior)

A viagem duraria pelo menos mais um dia. Aurora, Pedro e Huna cavalgavam vagarosamente, margeando a Floresta Harmoniosa.

Precisavam parar e comer algo e, dentro de poucas horas, encontrar um local para dormir, pois o sol já declinava no céu.

Do lado norte da estrada, as Colinas de Plodan se impunham como uma verdadeira muralha, aprisionando-os contra a floresta ao sul. O caminho escorregadio fez uma curva fechada para o leste, introduzindo-os num emaranhado de árvores. Contudo, a estrada permanecia larga e bem delineada em meio à vegetação, revelando-se utilizada com frequência.

– Estamos no caminho certo, mamãe?

– Poderíamos pegar um afluente do Navegantes, e subir o rio por dentro da floresta, mas não teríamos certeza se as trilhas permitiriam a passagem dos animais, minha filha.

– Pensei que fosse por causa da mensagem trazida pelo vento.

– Também, minha filha.

– Um gigante que se transforma em um monstro cheio de tentáculos e um anão alado albino incapaz de voar?

– Não duvide da história que lhe contei. Pelo que me disseram, você se transformou em um corvo gigante. Não é muito diferente, é? – Huna ajeitou o cajado que trazia, horizontalmente preso em seu cavalo, e aguardou a resposta da filha.

Aurora sentiu os pelos de sua nuca se arrepiarem e desviou o olhar do de sua mãe.

– Às vezes eu ainda sinto como se aquela criatura existisse dentro de mim.

– Talvez ela exista – Huna olhava fixamente para o caminho adiante. – Quando nos encontrarmos com o gigante, pergunte a ele sobre esta experiência.

Guiando lentamente seu cavalo, a menina passou a mão sobre o Manto de Lilibeth. Ela podia sentir o poder emanando da vestimenta e aquele confortável sentimento lhe fazia lembrar o abrigo que os filhotes encontravam sob as asas de uma águia durante as tempestades. O manto lhe conferia proteção.

Pedro passou a mão na Pena de Emily, inserida em seu chapéu, e olhou afetuosamente para Aurora, que seguia a seu lado.

Eles sabiam que eram mais que amigos. Estavam, realmente, apaixonados. E, finalmente, após a perigosa aventura que viveram para encontrar o Objeto de Poder das fadas, podiam agora desfrutar em paz a presença um do outro.

Aqueles dois longos dias de viagem não pareciam nem um pouco cansativos para o aqueônio, uma vez que se via ao lado da garota que amava.

Pedro também pensava em Isabela e em seus pais, mas não o suficiente para já sentir saudades da irmã. Com seus quinze anos de idade, ele já se tornara um homem com responsabilidades e agora realizava seu sonho de ir para a capital. Era sua primeira viagem por aquelas bandas de Enigma, por isso curtia cada instante da jornada.

As encostas que os enclausuravam tornaram-se mais íngremes naquele momento, quando uma curva na estrada os lançou novamente para o norte. Os paredões de rocha desciam em penhascos na direção dos viajantes, fazendo a estrada, envolta pelas árvores, parecer um fosso irregular.

– Sempre tive o desejo de conhecer a capital – revelou Pedro, sem qualquer disfarce.

Ao fitar Aurora ele teve aquela sensação comum de ler um olhar: "Meninos! Não sei o que veem de tão interessante em ir para a capital".

– É na capital que as estratégias de batalha se decidem, que os melhores guerreiros são escolhidos para compor o exército... – disse o aqueônio como se fosse uma resposta para a fada.

"Com o poder de nossos Objetos poderemos batalhar e honrar o povo de Enigma."

Desta vez, a sensação foi mais bizarra. Pedro parecia ter ouvido a voz de Aurora dizendo aquilo, mas esta sequer abrira a boca.

– É para isso que estamos indo para Corema, não? Pela honra, pelas batalhas que pelejaremos contra os inimigos de nosso povo – disse ele.

Reduzindo a velocidade de sua montaria, a pequena fada olhou com estranhamento para o amigo. Aquilo lhe pareceu uma resposta. Contudo, ela não tinha falado nada.

– O que foi? – perguntou o aqueônio, confuso.

Huna puxou as rédeas de seu cavalo, voltou-se para o casal e encarou o rapaz.

Em questão de segundos, o garoto falou como se estivesse respondendo a uma intimação.

– Eu cuidarei de Aurora, não se preocupe.

– Alguém pode me explicar o que está acontecendo? – exigiu a menina, confusa.

Pedro voltou-se para sua adorada amiga. Entretanto, a resposta que lhe veio foi dirigida para Huna.

– E o que o destino nos reserva?

Os olhos verdes da fada mãe se arregalaram. Pedro respondera a um pensamento dela. Como?

– E o que o destino nos reserva? Do que você está falando, Pedro? – perguntou Aurora, ainda mais intrigada. Algo misterioso acontecia.

Mas antes que pudessem revelar tal mistério, ouviram gritos vindos do interior da floresta.

Aurora percebeu a cauda de Pedro se esticar para cima, em alerta.

Os três viajantes tensionaram as rédeas dos animais que montavam. Fizeram total silêncio para conseguirem escutar outra vez o grito que se repetiu.

– É o choro de uma criança – deduziu Pedro.

Inseridos nos estribos, os pés de Huna pressionaram a barriga de seu cavalo, fazendo-o iniciar uma cavalgada urgente. Aurora e Pedro fizeram o mesmo.

Avançaram com determinação, a fim de ajudar a criança que parecia em apuros. Não galoparam mais que cem metros e, de repente, a estrada se alargou. A cobertura vegetal formada pela copa das árvores desapareceu, dando lugar a uma enorme área a céu aberto.

– Pare com isso, Joaquim – gritou um homem barbudo, pedindo que um outro parasse de bater em um menino de dez anos de idade.

– Eu não fiz por querer – justificava-se, em vão, a criança.

– Seu moleque desobediente. Espero que aprenda a não mexer em coisas que não são suas.

Com a mão esquerda, Joaquim segurava o menino, e com a outra dava-lhe tapas nas nádegas. A ação parou quando os três cavalos surgiram do meio do mato, vindos da estrada.

Joaquim e o outro homem, de nome José, assustaram-se com a chegada das fadas e do aqueônio.

O menino continuou olhando para o chão, com lágrimas escorrendo por toda a face.

– O que está acontecendo por aqui? – perguntou Huna.

Acanhados, os homens levaram um tempo para se recompor e responder. Um de cada vez, um tentando explicar o que o outro não conseguia.

Os homens identificaram a fada por causa de sua túnica esverdeada e do cajado que trazia.

– Este menino é rebelde, minha senhora.

– Ele só precisava de uma repreensão...

– Já é a terceira vez que ele faz isso, não sem que eu o tenha avisado para não fazer e...

– Talvez Joaquim tenha passado dos limites.

De maneira bizarra, Pedro interveio.

– Tudo isso por causa do ferro de um machado?

Huna, Aurora, Joaquim, José e o menino olharam para o aqueônio, estupefatos.

O silêncio que se seguiu foi constrangedor. Não tinha como Pedro saber aquilo. Os homens não haviam mencionado, mesmo durante o falatório, ao tentarem se justificar para Huna.

O assombro daquele instante foi tão intenso para os ouvintes quanto para Pedro.

– Perdão, garoto. O que você disse? – perguntou José, intrigado.

A cauda de Pedro se moveu de forma que pôde ser vista pelos homens.

– Você é um aqueônio! – espantou-se Joaquim.

– Meu senhor, não importa o que ele disse ou o que somos – interveio Huna. – Poderiam me explicar com clareza o que este pobre menino aprontou para merecer tal punição?

Sentindo-se envergonhado, o homem se prontificou a falar.

– Eu sou Joaquim e esse aqui é meu irmão José, senhora. Nós somos lenhadores – Joaquim largou o braço do menino. – Somos pessoas simples e, na última estação do ano, ao defendermos nossa terra, perdi meu machado durante o confronto com um grupo de desordeiros que passou por aqui. Era minha única ferramenta de trabalho.

A fada mãe achou aquilo muito estranho. Desordeiros na estrada que conduz à capital. Enigma vinha se tornando um lugar perigoso, ultimamente. Ela se lembrou dos espiões de Ignor que a perseguiram nas montanhas da Cordilheira Imperial.

– Existe um areado próximo. Precisei pegar um machado emprestado com o posseiro que vive lá. Não sem muitas recomendações, porque era uma ferramenta muito cara. E eu avisei este garoto para não colocar as mãos nela.

O menino levantou os olhos, ainda que escondidos debaixo dos fios de uma longa franja lisa e negra, para observar os viajantes. Aurora e Pedro tiveram pena dele.

– Veja o que ele me aprontou! Deixou o ferro do machado cair e se perder na água.

Huna pensou em olhar para Pedro. De alguma forma, o aqueônio tinha anunciado o ocorrido previamente. Contudo, como ele poderia saber? A fada postergou a revelação de tal mistério e deteve-se na conversa, mirando Joaquim.

– Atos de desobediência, sem punição, incentivam à maldade e levam as pessoas a consentirem com crimes.

Joaquim sorriu ao ouvir as palavras da fada.

– Por outro lado, punição desmedida gera rebeldia, ao invés de corrigir. E rebeldes, Joaquim, dificilmente se tornam aliados ou amigos. Existem formas mais apropriadas de se educar uma criança.

Quando Huna completou seu discurso, fez o homem arrancar o sorriso da cara. A criança ajeitou sua franja atrás da orelha e seus doces olhos negros puderam ser vistos. Caliel se afeiçoou aos modos da fada.

– A correção apropriada conduz à sabedoria. Não deixe que suas mazelas emocionais o induzam a educar de forma inapropriada o garoto. Quem se beneficiaria disso, a não ser o próprio mal? Procure ser razoável. Acredito que a criança já aprendeu sua lição, nobre homem.

Naquele instante, José percebeu que não estava diante de uma mulher qualquer. Palavras divinas fluíam dos lábios de Huna. A sabedoria e misericórdia contida em seu discurso atingiram com mansidão tanto o coração dos homens quanto o do menino.

Joaquim aquiesceu, principalmente por ter sido chamado de nobre.

– Certamente Caliel aprendeu que desobedecer às ordens de seu pai não lhe trarão boas consequências – comentou José, tentando encerrar o assunto.

De maneira bizarra, olhando nos olhos de Caliel, Pedro foi tentado a dizer que o menino não era filho de Joaquim. O aqueônio ainda não sabia o que estava acontecendo consigo. Ele retirou o chapéu da cabeça e alisou a pena, com curiosidade. Era como se pudesse ler o pensamento das pessoas.

Aurora observou o cuidado e carinho do amigo para com o Objeto de Poder. Achou, no mínimo, curioso.

– Conseguiremos pagar o machado com o esforço de nosso trabalho, meu irmão – completou José. – Essas coisas fazem parte da vida. Era apenas um machado...

– Onde você o perdeu?

– Não há como pegá-lo.

Sem dar ouvidos ao que Joaquim dissera, Caliel pareceu animar-se com a pergunta de Aurora e a respondeu:

– O ferro do machado caiu na água. Eu posso lhe mostrar o local exato.

– Pare, Caliel! O lago é fundo. Já tentamos sem sucesso recuperar a peça e estamos atrasando a viagem dos forasteiros.

– Não se incomode conosco, senhor. Deixe que Caliel mostre para Aurora o local onde vocês perderam a peça – repreendeu a fada mãe.

Após apearem, caminharam até a beira de um lago. Não era extenso, mas era profundo, com águas sombrias e silenciosas.

Caliel apontou o lugar onde deixara o ferro do machado cair.

E sucedeu que, Aurora cortando a varinha de uma árvore, lançou-a no local. Após colocar o capuz de seu manto, estendeu a mão na direção da água e, imediatamente, o ferro do machado flutuou.

– Pegue-o!

Caliel obedeceu.

Os três camponeses estavam maravilhados. A garota fizera uma peça maciça e pesada de ferro flutuar.

Joaquim foi o primeiro a se ajoelhar diante de Aurora, seguido por José e depois por Caliel. Os três se abaixaram, curvando a cabeça em devoção e gratidão pelo que ela realizara.

Aurora olhou para Pedro e abriu um sorriso, achando aquilo engraçado. Ela sentia o poder fluir do Manto de Lilibeth para seu corpo.

– Levantem-se! – ordenou Huna – Não cometam tal sacrilégio.

– Minha senhora, a garota nos poupou um mês de trabalho. Ela...

– Ela é apenas uma boa menina, José.

– Mas age como os deuses – interrompeu Joaquim. Huna estancou diante daquela declaração.

– Curvar-se diante de homens é algo muito perigoso, José. Guarde sua reverência para a rainha de Enigma. Ou para Moudrost.

Caliel notou a frustração na face de Aurora ao ouvir a repressão proferida. Pedro também ficou decepcionado, pois, sua reação imediata foi gostar de ver a autoridade e reverência dadas à amiga.

– Todo poder e toda sabedoria emana de Mou. Se possuímos qualquer virtude ou bondade é porque dele vieram. Sem sua luz, o que encontramos em nossos corações é apenas escuridão.

– Mas a menina opera milagres – intrometeu-se Caliel, com fascínio nos olhos em relação à Aurora. – E fez algo extraordinário.

– As forças das trevas também fazem prodígios, e nem por isso devemos nos prostrar diante delas. Eu sei que fazer levitar o ferro de um machado é algo incomum e, se vocês se sentiram realmente confortados com o que Aurora fez, sejam agradecidos em seus corações e não comentem com ninguém. Um tempo cheio de turbulências e complexidades aterradoras está por vir sobre Enigma. Não se escandalizem com o que ouvirão, ou mesmo com o que seus olhos testemunharão.

Os homens ficaram quietos. Não ousavam contrariar as palavras de Huna, mesmo sem entenderem o que ela queria dizer.

Diante do discurso misterioso, Caliel respirou aliviado, lembrando que haviam recuperado o objeto de valor que afundara no lago.

– Aceitem pelo menos cear conosco. Eu não sei de onde vocês vêm, mas devem estar a caminho da capital. Esta é uma estrada muito utilizada pelos moradores do nordeste para chegar a Corema. Se quiserem, podem até mesmo passar a noite em nosso chalé.

Huna sabia que precisavam parar e descansar. E o local era apropriado, pois aquelas pessoas pareciam boas.

A meio quilômetro de onde o ferro do machado havia caído, uma casa enorme de madeira se estendia no meio da floresta. Um terreno pequeno recebia os viajantes na frente da construção. A cerca era a própria vegetação ao redor, que a escondia dos olhares dos viajantes que passavam pela estrada.

Um paiol erigia-se na lateral da casa e uma carroça, sem os cavalos, encontrava-se tombada na entrada.

Tudo permanecia alegremente quieto quando chegaram àquele belo lugar, até serem vistos por uma garotinha de cinco anos de idade que saiu correndo e gritando:

– Papai! Papai! Papai!

Muriel, a menininha de cabelos lisos escuros e olhos semelhantes aos de Caliel abraçou Joaquim, quando ele desceu de sua montaria.

– Mamãe, temos visita! – ela gritou, antes mesmo de ser apresentada aos estranhos.

Uma mulher bem mais jovem que Huna apareceu à porta da casa.

– Ester, esta é Huna, esta é Aurora e este é Pedro – apresentou, apontando os visitantes um a um. – Eles recuperaram o ferro do machado e eu lhes ofereci estadia. Eles dormirão aqui esta noite.

A mulher enxugou as mãos no tecido frontal do vestido, observando toda aquela gente ali, e franziu a testa, demonstrando estranheza, ao escutar que o objeto perdido fora recuperado.

Huna percebeu que a perda da peça tinha afetado profundamente aquela família e que por isso estavam, de fato, agradecidos.

Ester estendeu a mão e cumprimentou Huna afetuosamente. Em seguida, alisou carinhosamente o cabelo crespo de Aurora e sorriu para Pedro em sinal de gratidão.

– Sejam bem-vindos – exibiu um sorriso. – Sintam-se como se estivessem em suas casas. – Ela olhou para o marido e retornou para dentro do lar, justificando-se com a necessidade de preparar algo para eles comerem.

– Não sabemos como agradecer, minha senhora.

As palavras de José saíram embargadas.

– Por favor, já conversamos sobre isto. O fato de nos receberem tão bem e nos darem pousada por uma noite é suficiente para considerarem ter pago o favor.

– Se não se importam, preciso voltar para minha casa. Vocês serão sempre bem-vindos por aqui.

José despediu-se do irmão, montou seu cavalo, ainda olhando com admiração para Aurora e com um sorriso de reconhecimento pelo que a fada havia feito pela família de seu irmão.

– Venha! – gritou Caliel, puxando o braço de Pedro – Você dormirá em meu quarto.

O aqueônio alegrou-se com a atitude do menino, que, feliz, o conduziu até um cômodo pequeno, porém aconchegante. A tristeza que sentira pela correção que recebera já não se encontrava mais naquele rosto angelical.

Aurora seguiu com sua mãe para a cozinha, com intuito de ajudarem Ester com o ensopado de legumes.

Joaquim apressou-se em arrumar a cama de casal onde deixaria as fadas dormirem juntas. Ele e a esposa passariam a noite no quarto de Muriel, juntamente com a pequena.

Aos poucos a luz desolada do crepúsculo deu lugar à escuridão. O silêncio preencheu toda a floresta ao redor da casa.

– O que desejavam os homens que invadiram sua terra? – perguntou Huna, levando à boca a colher com o caldo quente da sopa. Eles jantavam.

– Existem boatos, nada que eu possa confirmar, de que homens maus têm feito morada nas escarpas das Colinas de Plodan.

A atenção de Pedro e Aurora, que estava fixa nas crianças da fazenda, voltou-se para o pai daquela família.

– Já ouvi relatos de viajantes que deixaram a capital e tomaram a estrada rumo ao norte. Foram saqueados. É... os bandidos surgem repentinamente e, do mesmo modo, desaparecem entre as escarpas da colina, logo após efetuarem os roubos.

– Eles vestem túnicas com capuz e manejam bem o arco e flecha?

– Com certeza, não. Nunca ouvi relatos de que fossem hábeis em manejar o arco e flecha.

Huna tirou da cabeça a ideia de serem espiões de Ignor.

O clima alegre fora quebrado. Contudo, a fada achou importante que Aurora e Pedro escutassem sobre aqueles fatos.

– Os soldados da rainha sabem dessas ocorrências? Esta é uma estrada muito utilizada e um dos principais caminhos que ligam o nordeste a Corema.

– A rainha sequer é capaz de conciliar o povo gigante com o dos voadores – respondeu o homem, referindo-se aos anões alados –, que dirá cuidar de ocorrências marginais do reino. A verdade é que não há união em Enigma.

Huna sabia que algo de verdade se encontrava naquela declaração. Por muitos anos, a fada se ausentara dos assuntos reais em Corema.

Ela traçara seu próprio caminho viajando através da Terra Encantada, fazendo incursões periódicas à Terra dos Gigantes e enfrentando perigos na Terra de Ignor. Sentia culpa por não ficar próxima da realeza e assim ajudá-la.

Após o jantar, ainda na sala, Muriel adormeceu no colo do pai, enquanto os adultos conversavam ao redor da lareira. Aurora, sempre apegada à mãe, ficou abraçada a ela no sofá, escutando um pouco da história dos fazendeiros. Foi então, que descobriu que Caliel não era filho biológico de Ester e Joaquim, mas sobrinho destes.

– Nós o criamos como nosso filho, mas nunca escondemos dele sua verdadeira origem – explicou Ester. – Ele é filho de minha falecida irmã.

Durante essa conversa, Pedro já se ausentara da sala com o menino. Estavam no quarto e se divertiam.

– O peão só ataca outras peças pela diagonal e só avança uma casa, com exceção do primeiro movimento em que pode avançar duas. Mas ele nunca retrocede.

Pedro olhava fixo para o tabuleiro de xadrez à sua frente. Estava encantado de ver como Caliel entendia do jogo.

– O cavalo se move em forma de L.

– Eu conheço as regras básicas – atalhou Pedro, sorrindo com paciência, mas o menino insistia em reforçar as explicações. O aqueônio olhou novamente para o tabuleiro de xadrez.

– O segredo é você lembrar sempre que a rainha é a peça mais poderosa. Ela deve proteger o rei. E por que ela deve proteger o rei? Porque o objetivo principal do jogo é capturar o rei oponente e proteger o seu rei. Você não pode se esquecer disto: a rainha deve proteger o rei.

– Parece que as mulheres nasceram para isto mesmo: proteger os homens – riu Pedro.

Caliel sorriu em resposta, mas não parou de falar. Parecia que o garoto não tinha companhia de um outro menino há um bom tempo. Pedro sentiu pena dele por um instante. Lembrou-se das coisas estranhas que vivenciara mais cedo, quando parecia ter lido a mente de Aurora, depois de Huna e, também, a de José.

Aproveitou o momento em que o menino o fitou fixamente enquanto falava e tentou captar seu pensamento.

Não veio nada na mente do aqueônio. Parecia não depender dele, querer escutar o que o outro pensava. Teria sido coincidência? Pedro trouxe à memória os fatos ocorridos e excluiu essa possibilidade, pois não fazia sentido ele saber sobre o ferro do machado sem que alguém o mencionasse.

– Você está prestando atenção, Pedro?

– Ah! Sim. Claro, Caliel.

– Dizem que este é um jogo praticado pelos deuses, sabia? Trata-se de você antecipar ameaças e de prever o movimento de seu inimigo. No centro do tabuleiro, as peças têm mais opções. Apenas certifique-se de não expor seu rei a um xeque-mate.

Caliel apontava para o jogo no tabuleiro, quando voltou a olhar nos olhos de Pedro.

O aqueônio sorriu novamente.

– Você não está prestando atenção.

– Lógico que estou.

– Então, o que acabei de falar?

– Que não devemos colocar o rei em xeque-mate.

O pequeno fazendeiro sorriu.

– Caliel, você tem uma família maravilhosa.

Pedro não se conteve e interrompeu a empolgação do garoto com sua declaração. O silêncio foi curto.

– Eu também moro na roça, sabia? – continuou.

Seu anfitrião não sabia o que responder.

– Eu sou fazendeiro como você, Caliel. E também tenho uma família maravilhosa... igual a sua. – Pedro sentiu saudades de Isabela ao dizer aquilo.

No instante exato em que os olhos dos garotos se cruzaram, além da tristeza que o aqueônio encontrou, ele ouviu na mente do outro a afirmação "Joaquim não é meu pai". Pedro conseguira.

– Nem toda criança tem a oportunidade de ter um pai. Você sabia que Aurora nunca conheceu o dela?

– Eu não sou filho de Joaquim – essa era a confissão que Pedro esperava arrancar do menino.

O aqueônio fez uma cara de surpresa, como se a revelação fosse novidade para ele.

– Mas foi como pai que ele se referiu a você.

– Ele é meu tio.

"Ele nunca me amou como um pai me amaria. Ele sempre me repreende, quando erro."

O aqueônio finalmente voltou a escutar a voz interior na mente de Caliel.

– Nem sempre os pais acertam, sabia? Mas isso só significa que eles estão aprendendo algo, assim como nós. Se Joaquim o repreende, é porque ele não se considera seu tio. Pais corrigem, portanto, ele se considera seu pai. Tios só brincam.

"José sempre brincou comigo", pensou Caliel e foi ouvido por Pedro.

– Não importa se não foi Joaquim quem te gerou, o fato é que, no pouco tempo que estou com vocês, posso lhe assegurar que ele o trata como um filho.

Confuso, mas com um ar de quem gosta do que ouve, Caliel sorriu para Pedro.

– Crescemos com os nossos erros, quando tiramos lições deles, Caliel. Talvez não seja fácil para você compreender isso agora, mas um dia entenderá. Não é por ser adulto que Joaquim tenha parado de crescer. Estamos todos aprendendo sempre. E eu posso garantir que você está diante de um garoto que errou muito quando tinha sua idade… e precisou crescer.

Caliel esboçou um sorriso.

– Acredite, você está de frente para um pândego – completou Pedro.
– O que é isso?
– Uma pessoa brincalhona.
Eles riram.
– Uma pessoa cômica, divertida – reforçou. – Não foi sempre assim… que fui um garoto, sabe, certinho? Na verdade, não conheço ninguém que tenha aprontado mais do que eu. Sim, é…

Era visível o quanto o garoto estava adorando escutar as palavras de Pedro. E Pedro escutava a mente do menino.

"É verdade que Joaquim me ama. Eu não posso continuar duvidando do amor dele. Ele faz de tudo para suprir a falta de meu verdadeiro pai."

– Joaquim é o seu pai porque é ele quem cuida de você. Mesmo errando às vezes, ele te ama. Quando não há quem educa, não há amor de verdade. Acredite, Caliel.

Pegando um peão do tabuleiro de xadrez com a cauda e uma torre com a mão esquerda, o aqueônio os levantou na altura dos olhos do menino e fez uma comparação, enquanto apontava as peças com a mão direita.

– Os membros de uma família são semelhantes às peças deste jogo. Não importa se você é um peão, uma torre, ou se você se move em "L". Você mesmo disse que o importante é a proteção do rei, Caliel. Joaquim é o rei nesta família. Obedeça-o, proteja-o, e, tenho certeza, as coisas ficarão bem entre vocês. Será o melhor para todos.

"Quem são essas pessoas?" foi o pensamento que Caliel carregou para a cama naquela noite. Ele sentia-se feliz pela amizade com Pedro e também por aquelas palavras tão estranhas, sinceras e libertadoras. Estava feliz por terem recuperado o ferro do machado. Ele sabia que, graças àquele encontro, sua vida jamais seria a mesma.

Algum tempo depois, no quarto ao lado, outra conversa íntima ocorreria.

– Eu sempre quis conhecer a capital do reino, mamãe.

Aurora estava deitada ao lado de Huna.

– Você se surpreenderá. É uma linda cidade.

– A senhora imagina que seja uma linda cidade, mas não pode ter certeza. Faz anos que não visita Corema. Muitas coisas podem ter mudado por lá.

Huna nada falou.

Aurora reconheceu aquele silêncio.

– Eu sei que não foi apenas por causa da busca pelo Objeto de Poder que se manteve distante, mamãe.

Huna olhou com carinho para a filha.

– Já conversamos sobre isso.

– Muitas vezes – respondeu Aurora.

O luar invadia a escuridão do quarto através da janela, projetando sombras e iluminando a face das duas mulheres.

– Não é complicado para mim entender seu relacionamento com meu pai. Talvez para outras pessoas, mas não para mim.

– A maldição se foi, Aurora. Tudo mudou agora.

A menina sorriu.

– Eu me sinto tão orgulhosa de você, Aurora. Desejo que a sabedoria sempre lhe cubra a cabeça e o coração.

– Se houvesse uma única chance de reencontrar seu amigo de infância, mamãe... Estamos indo para a capital, se encontrasse Vicente por lá, o que lhe diria?

– Mesmo que isso acontecesse, querida, as coisas nunca seriam como antes – respondeu, referindo-se aos sentimentos.

– A senhora não pode ter tanta certeza.

– Homens são diferentes de mulheres.

– Nem todos os homens são iguais. Não é o que sempre me ensinou?

– Já se passou muito tempo, minha filha.

– Nenhum tempo é tempo suficiente para esquecer uma pessoa amada.

– Por mais que doa escutar isto, a verdade é que amores juvenis caem no esquecimento com a mesma intensidade em que são vividos. E morrem com a mesma rapidez com que são gerados.

A pequena fada adorava ter aquele tipo de conversa com a mãe. O jogo de palavras, as confidências... Aurora amava Huna mais do que tudo no mundo. E por ter encontrado a capa de Lilibeth, agora tinham a oportunidade de viajar juntas e desfrutar um tempo de paz.

Os dias maus pareciam distantes. A aventura na Bacia dos Murmúrios, o susto com a morte iminente de Pedro na praça da cidade...

– Não importa que a maldição tenha sido quebrada, minha querida. A morte virá para cada um de nós um dia.

– Pare com isso, mamãe. Você fica parecendo a vovó.

– Isso foi uma brincadeira, não foi, Aurora?

– Então, não fique repetindo isso.

Silenciosamente, elas abriram a boca em um riso, como se parecer com Morgana fosse algo ruim.

– Se fosse a hora de Pedro partir, a senhora não teria chegado a tempo. É isso que está tentando me dizer.

– Ele estaria morto, se eu não fosse uma monarca.

Diferente de Pedro, Huna não lia mentes, mas podia imaginar, por experiência, o que sua filha pensava naquele instante.

– Pedro estaria morto, se eu não fosse uma monarca, se eu não tivesse chegado a tempo, se o unicórnio não estivesse comigo... se tanta coisa não tivesse acontecido em minha vida, em sua vida e na vida dele e de tantas outras pessoas da maneira como aconteceu.

– Você está dizendo que não temos controle sobre o destino.

– Em certa época de minha vida eu pensava assim. Mas não. O que estou dizendo é que precisamos fazer aquilo que é certo e não nos prendermos àquilo que não temos controle. Tudo o mais se encaixará, quando a roda do destino girar, porque tudo tem um motivo de ser, Aurora. Cabe a nós lutarmos até o fim pelo que achamos correto, ainda que, no final, as coisas não aconteçam da forma como desejamos.

– Eu quero me tornar uma monarca, mamãe.

– Nunca duvidei disso, minha filha, mesmo quando você ficava irritada com meus castigos por suas desobediências e insistia em blasfemar contra nossa natureza encantada – Huna riu.

– Mas e se eu não for a escolhida? E se não acontecer?

– Se você acredita na possibilidade de que não aconteça, então é provável que realmente não venha acontecer.

Aurora se desvencilhou do abraço da mãe.

– Eu preciso encontrar um unicórnio.

Huna ajeitou-se na cama, virando-se para sua filha. Aurora fez o mesmo, então, abraçaram-se novamente, desta vez com mais força.

– Unicórnios são seres mágicos, encontrados nos lugares menos prováveis. Na verdade, Aurora, eles são atraídos pela bondade do coração de uma fada. Um coração capaz de abdicar de seus mais profundos sentimentos e paixões. Existe uma longa história sobre o reino dos unicórnios, que talvez eu lhe conte um dia.

– A senhora já me contou.

Huna não deixou Aurora perceber que falava de parte da história ainda desconhecida pela menina.

– Sabe o que faz de mim uma monarca?

– A sabedoria que possui?

– Não, minha filha: certos conhecimentos.

Aurora ajeitou-se na cama, pensativa, preparando-se para dormir.

– Eu te amo, mamãe.

– Eu também te amo, querida.

O PODER DO MITO

Aurora vivia um sonho. Abriu os olhos na manhã seguinte e sentiu o cheiro de café invadindo o quarto. Não era o tipo de bebida que costumavam tomar em seu lar, mas adorava aquele cheiro.

Pelas frestas da cortina, os raios de sol penetravam no aposento, aquecendo e iluminando o ambiente. Certamente, Huna abrira a janela antes de sair.

Era uma perfeita manhã de verão em Enigma, tranquila. Sem maldições para serem quebradas, sem perigos para serem enfrentados, sem amores para serem perdidos.

Se pudesse, a pequena fada sequer se levantaria, permaneceria na cama, pensando na bênção que vivia por estar junto da mãe e também de Pedro.

Ela escutou a porta do quarto ranger levemente. Quando virou, encontrou um par de olhos a observá-la. Era Muriel.

– Bom dia, garotinha linda.

A menina escondeu-se atrás da porta e, aos poucos, foi se revelando novamente.

– Entre. Venha aqui – convidou a fada, com gentileza.

Muriel continuou imóvel junto à porta, olhando para Aurora. Com encanto, os olhos da pequena se desviaram para a lateral da cama, onde em uma cômoda estava o Manto de Lilibeth.

– É a capa de uma fada que viveu há muitos anos. Ela é linda, não é?

Com um aceno de cabeça a pequena respondeu que sim.

Muriel acompanhou Aurora aprontar-se e tomar café. Não demorou muito e já riam alto e brincavam uma com a outra.

"Não existe ferida que o tempo não venha cicatrizar, Aurora." A fada lembrou-se dos conselhos que a mãe lhe dera certa vez, quando se sentira rejeitada por um grupo de meninas na escola.

"A pior situação em que você possa se encontrar, na maioria das vezes, não significará nada para você anos depois. Por isso não há motivo para o desespero. Só não há solução para a morte, minha filha. Vergonha e desonra, ser humilhada ou desprezada são coisas que a vida facilmente consegue reverter. Você deveria estudar a história dos aqueônios. Não existe povo em Enigma que mais sofreu perseguições e humilhação."

E foi a partir daquela conversa que Aurora se interessou pelo povo de cauda pela primeira vez. Sem imaginar que um dia amaria um.

Pedro surgiu acompanhado de Caliel, exatamente quando Aurora se deliciava naquelas lembranças.

– Bom dia, minha fada – saudou o amigo.

– Mamãe, mamãe… Pedro subiu na árvore mais alta da floresta. Ele é ágil como um macaco.

Ester sorriu para o filho e orientou o aqueônio:

– Que bom que vocês estão se divertindo. Só me faça o favor de não se acidentar, Pedro. Não queremos ninguém machucado por aqui.

Pedro abanou a cauda para a mulher.

– Você está linda – disse ele, voltando-se para a fada.

Aurora vestia seu manto carmesim. Olhou para Pedro e sorriu em retribuição ao elogio. A alegria e paz eram contagiantes naquele lar.

– Onde está minha mãe?

– Do alto da árvore, eu a vi de joelhos sobre uma enorme pedra – relatou Pedro.

Aurora compreendeu o que Huna fazia: sua oração matinal. Provavelmente se comunicando com outra monarca ou com anões alados através do vento.

As crianças levantaram-se tarde, como sempre fazem em dia de férias. O clima estava ameno e a manhã calma e prazerosa.

Aurora esperou sua mãe retornar e pôs-se a insistir:

– Por favor, mamãe, vamos ficar mais um dia por aqui.

Huna não se comoveu.

A fada mãe arriava seu cavalo e Aurora teimava em permanecer.

– Desculpe-me, minha filha, mas esta não é uma viagem de férias.

– Quando foi a última vez que curtimos um passeio como este?

Não houve resposta, apenas uma silenciosa reflexão.

– Eles são adoráveis. Muriel é adorável. Caliel e Pedro se divertem como se fossem irmãos. Eu e você não conversávamos há um bom tempo como conversamos ontem à noite.

O coração de Huna se despedaçava com as declarações emotivas, atrapalhadas e sinceras da filha.

Joaquim retornara do trabalho matinal no lago somente para poder se despedir dos viajantes, juntamente com sua esposa.

– Vocês nos acolheram com muito amor e foram exageradamente carinhosos. Como veem, conquistaram nossos corações, mas precisamos partir. Temos assuntos importantes para tratar em Corema.

– Nós entendemos – respondeu o homem, com lamento em seu tom de voz.

– Voltem sempre que quiserem. Não apenas quando estiverem a caminho da capital ou retornando para suas casas. Venham passar um tempo conosco – completou Ester.

Huna sorriu para Ester.

Pedro abraçou Caliel e abanou o cabelo do menino com sua cauda.

– Obrigado pelas lições de xadrez. Eu lembrarei que é um jogo praticado pelos deuses. – O aqueônio soltou um riso gostoso ao agradecer. Para sua surpresa, assistiu a seu novo amigo dar dois passos para trás e abraçar Joaquim.

Pedro ficou emocionado.

Aurora abaixou-se e beijou a testa de Muriel.

– Você é a garota mais bela que eu já conheci em todo o reino.

Pedro encarou Aurora com vontade de rir, pois a fada disse aquilo como se conhecesse muitos lugares em Enigma, o que não era verdade. Por sua vez, Aurora lhe devolveu o olhar como quem tenta dizer: "a menina não precisa saber que estou exagerando".

Com paz transbordando seus corações, eles montaram nos cavalos.

Ao longe, avistaram um grupo de cinco pessoas se aproximar. Era um grupo liderado por José.

– Bom dia! – saudou a fada, quando passaram por ele.

O irmão de Joaquim sorriu e respondeu "bom dia". As demais pessoas olhavam com encanto para o trio sobre os animais.

No início, Huna não percebeu nada de estranho na abordagem que fizeram. Afinal, como forasteiros, era de se esperar que despertassem o interesse e encanto dos nativos.

No entanto, à medida que começaram a cavalgar, a fada mãe olhou para trás e percebeu que os olhares se projetavam sobre Aurora. O grupo certamente ouvira José narrar a história de como a menina fizera flutuar magicamente o ferro do machado de dentro do lago.

Pedro resolveu dar a última olhada naquele lugar de descanso, e após sorrir para Caliel, olhou para os homens e mulheres que haviam chegado com José. Um calafrio percorreu-lhe a espinha, quando duas ou três pessoas do grupo cruzaram os olhares com o dele.

Enlevada pela beleza daquela despedida, Aurora sentiu apenas paz no coração, por saber que existiam pessoas tão amáveis em Enigma.

Pedro encarou Huna com perplexidade. Ambos entenderam o que acabara de acontecer ali, mas se mantiveram em silêncio.

Cavalgaram alguns quilômetros sem nada falar. A manhã era a melhor parte do dia para viajar. Principalmente, após uma serena noite de descanso. Sem contar que iam alimentados e satisfeitos.

A extensa muralha de pedra os acompanhava à direita, às vezes desaparecendo entre os galhos altivos das árvores da floresta, outras vezes ressurgindo no céu como o sol, quando lentamente nasce no horizonte.

Trechos irregulares da estrada se alternavam com passagens amplas e semipavimentadas com cascalho, pedra ou carvão.

Aurora e Pedro mantinham o ritmo da cavalgada determinado pelo de Huna. Até o meio-dia, avançaram pesadamente, sem olhar para trás.

Quando o sol cruzou o zênite, viajaram por mais quinze quilômetros, numa velocidade menor, até começarem a ouvir o barulho de água corrente.

Não havia mais nehuma dúvida, chegavam ao local onde cruzariam o Rio Navegantes. Isso era um bom sinal. Deixariam de seguir para o oeste e desceriam rumo à capital. Provavelmente, chegariam antes do anoitecer.

Era o momento propício para uma parada. Então, assim que avistaram um monumento de pedra, começaram a diminuir a velocidade dos animais.

Uma fonte de água fora erigida no lado sul da estrada. A bacia circular da fonte ficava na frente de um muro em ruínas. Insígnias estranhas tinham sido esculpidas no muro e dentro da fonte existiam três estátuas também em ruínas. A fonte estava seca.

Após descerem de suas montarias, Huna e Aurora desapareceram no mato. Pedro compreendeu o que fariam, então, correu na direção oposta para se aliviar também.

O som intenso da correnteza do rio era ouvido ininterruptamente.

Ao retornarem para o local da fonte, trataram de se alimentar com os pães e bolo que Ester lhes tinha dado.

– Estes têm sido os melhores dias de toda minha vida, Pedro.

Ao ouvir aquilo, o aqueônio se aproximou de Aurora e beijou-lhe a testa.

Aquele seria um momento propício para falar para suas companheiras de viagem sobre sua capacidade de ler pensamentos. Ansiava contar aquilo para Aurora, mesmo que ele próprio não soubesse ainda como lidar com sua nova habilidade, mesmo sem saber como ela reagiria.

Pensou mais um pouco. Não queria introduzir o assunto de forma brusca. Lembrou-se de seu pai dizendo: "quebre o gelo, antes de falar sobre algo importante".

Pensou novamente. Não fazia ideia de como expor a situação. Ler os pensamentos dos outros era como desnudá-los por completo. Que reação teria a menina que ele amava?

Dizem que "precisamos conversar" é a pior maneira de se abordar qualquer assunto num relacionamento, pensou e permaneceu calado.

– Estamos na divisa da Floresta Harmoniosa com o Pântano Obscuro – revelou Huna.

Aurora sentou-se ao lado da mãe, recostando a cabeça no ombro dela.

– Eu passaria o resto do dia por aqui, ouvindo o som da água corrente, dos pássaros e respirando esse cheiro de mato molhado.

O dia ainda estava claro, calmo e quente. A única tensão que existia naquele instante era a provocada pelo olhar de Huna, quando este silenciosamente cruzava com o de Pedro.

– Vocês imaginam de quem eu me lembrei agora? – perguntou Aurora. – De Ricarten.

Huna tentou disfarçar sua introspecção, abrindo um largo sorriso para a filha.

– Eu nunca ri tanto, em toda minha vida, como quando o prefeito de Bolshoi foi preso, as coisas se acalmaram e me peguei lembrando dos gases que Ricarten soltou no farol.

Depois de certo tempo, Aurora percebeu que falava sozinha. Levantou-se, disfarçando a frustração, e caminhou até a fonte.

– Quem são? – perguntou apontando para as estátuas ruídas. Não por verdadeiro interesse, mas porque queria ouvir sua mãe dizer alguma coisa.

– São as senhoras do pântano.

Pelo menos a resposta fez com que o clima tenso entre Pedro e Huna fosse quebrado.

– Essa é uma longa história. Tão antiga quanto a criação dos Objetos de Poder.

Pedro se interessou ao ouvir aquilo, mas percebeu que a fada receou continuar narrando.

– Você não precisa falar sobre elas, se não quiser.

– Lógico que precisa, Pedro. Eu fiquei curiosa – interrompeu Aurora. – Elas existiram realmente? Como gosto de ouvi-la contar histórias, mamãe!

Na indecisão, Huna resumiu o que sabia.

– Sim, elas existiram. Foram três irmãs cegas que se perderam no pântano e morreram afogadas. – Não era preciso ler pensamentos para saber que o terror tomara conta de Aurora e Pedro, mediante aquele breve resumo. Agora ambos pareciam verdadeiramente interessados no assunto. – Elas não eram senhoras, mas o tempo e os contadores de histórias trataram de florear o ocorrido.

– O que fez elas se tornarem tão importantes a ponto de construírem um monumento com estátuas em sua homenagem?

– O poder do mito, Pedro.

– O poder do mito? – perguntou Aurora.

– Sim, filha.

– Nunca conversamos sobre isso, mamãe.

– Porque nunca foi preciso, minha querida. Aliás, conversamos sobre muitas coisas, mas não significa que eu já tenha falado tudo o que sei. Nem todo conhecimento é para todas as pessoas ou pelo menos para todas as idades.

Huna olhou para o céu límpido e azulado. Estava satisfeita em ter aquela conversa com a filha naquele momento.

– Pedro, quando saímos da fazenda de Joaquim, o que foi que você viu nos olhares das pessoas que chegavam com José?

Confusa com a pergunta feita pela mãe, Aurora olhou surpresa para o amado, que vacilou em responder.

Encorajado pelo olhar de Huna, Pedro revelou:

– O mesmo que eu já vi ao contemplar os adoradores de Temudjin que passaram por Bolshoi certa vez, o mesmo que vi nos adoradores de Astarte e até mesmo nos seguidores de Moudrost...

– Do que vocês estão falando?

– Filha, aquelas pessoas chegaram à fazenda com intuito de adorá-la.

A menina riu constrangida e confusa.

– Como assim, adorar-me? Eu quero dizer, naquele sentido como as pessoas fazem quando vão aos templos?

– Exatamente daquela maneira. Por certo, José contou a elas como você recuperou de maneira sobrenatural o ferro do machado – completou Huna.

– Que tipo de brincadeira é essa, Pedro? – desta vez a fada riu nervosa.

– Eu percebi que você e minha mãe estavam com alguma trama que não era de meu conhecimento. O que estão planejando?

– Não há planos, filha. Apenas escute o que ele diz.

– Eu fiz levitar o ferro do machado. Tudo bem. A capa de Lilibeth me dá tal poder... – a menina parou para pensar. – Pedro, você está usando o poder da pena sobre minha mãe? Que tipo de conversa é essa?

– Não!

– Pare de criancice, Aurora! Apenas escute o que ele está dizendo.

– Sim, aquelas pessoas decidiram ir à fazenda após escutarem sobre você e o que você foi capaz de fazer. Elas tinham o propósito de adorá-la, Aurora, como se adoram os vários deuses nos mais variados templos em Enigma.

– A experiência de estarmos vivos não é suficiente para desejarmos encontrar o sentido da vida, minha criança. Não andamos por aí o tempo todo nos perguntando de onde viemos e para onde iremos ao morrer.

Isso costuma acontecer durante as tragédias. A paz, a calmaria, aquilo que é perfeito e comum, acaba se tornando monótono e cansativo para nós com o tempo...

– Mamãe...

– ... por isso, volta e meia, nos pegamos correndo atrás do que é incomum, desejamos o que foge ao padrão. E era atrás disso que aquelas pessoas estavam, Aurora.

A pequena fada e o aqueônio mantiveram-se calados escutando a fada mãe.

– Se eu pular daquela penha – Huna apontou para um rochedo –, uma força constante e misteriosa me lança ao chão. Tentamos nos desprender, mas somos puxados constantemente de volta para a terra. Isso não ocorre com você, minha filha. Você se tornou a possuidora do Objeto de Poder das fadas. Consegue mover coisas sem precisar tocá-las, eleva-se às alturas sem precisar de asas como os alados, pois você tem um superpoder; contudo, a mensagem que nos transmite não é nem de longe aquela que corresponde às suas proezas. Ao contrário, é sobre a nossa pequenez e finitude, sobre a imperfeição que possuímos por ocupar um corpo cheio de limitações. Estamos encarcerados nele como que em uma prisão. Você um pouco menos que nós, por isso se torna incomum.

– Pedro também tem um poder... algo incomum – a fada gaguejou. – Mas os fazendeiros não o viram se manifestar.

Aurora se calou.

– Um mito surge quando uma pessoa faz algo que é praticamente impossível de se fazer, rompendo com o tradicional. Quando ocorre, potencialidades e esperanças são geradas. Nossa miséria é exposta, mas também recebe a consolação. "Eu não consigo fazer o ferro do machado flutuar na água, mas há alguém que consegue", pensamos. As lendas dizem que as três mulheres – ou senhoras, como preferirem – tinham a capacidade de predizer o futuro.

Aurora e Pedro nunca prestaram tanta atenção em Huna como naquele momento. Seus olhos ficaram vidrados e imóveis, seus ouvidos completamente atentos para captarem cada detalhe daquela intrigante história.

– Não somente enxergavam o futuro, elas o teciam. Atropos, Láquesis e Cloto determinavam os momentos de tristeza e alegria de cada ser vivente, assim também como o destino dos deuses – completou Huna. – Todos queriam se encontrar com elas para, quem sabe, ouvir sobre o que sucederia em suas vidas.

Uma brisa leve soprou o cabelo de Aurora e o bronzeado de sua pele refletiu raios de sol como madeira envernizada.

– Este é o poder do mito. Quem pode dizer o que as três irmãs cegas eram verdadeiramente capazes de fazer? Se realmente eram elas ou uma outra mulher que se aproveitava da tragédia das irmãs? Não importa. A questão é que segundo as lendas, elas quebraram a normatividade. – Huna olhou para a filha e continuou: – Outro dia, o povo de Bolshoi a viu aterrissar um barco na praça principal da cidade, hoje um pequeno grupo a viu flutuar uma peça maciça e pesada de metal, amanhã pode ser que a vejam voando por sobre as nuvens pelas montanhas de Enigma. O que restará de verdade sobre sua história daqui a quinhentos anos? Quantas homenagens, estatuetas e livros não serão produzidos falando de seus prodígios? E quem realmente saberá sobre o Manto de Lilibeth, sobre quem realmente foi Aurora Curie? Não importa. As pessoas se alimentarão apenas do mito, não necessariamente da verdade.

– Aonde você quer chegar com isso, mamãe?

A explicação de Huna fora perfeita, mas Aurora queria ouvir de sua mãe o que ela mesma já compreendera.

– Você é tão frágil quanto qualquer outra pessoa, minha filha. Não se arrisque a pensar que seja uma divindade. O poder do Objeto está com você, mas não se torne algo que você não conseguiria ser se o perdesse.

– O poder é uma ilusão – sentenciou Pedro. – É o que sempre ouvi de meus pais.

– Então, o que devo fazer? – perguntou Aurora, confusa.

– Evite se expor. Não permita que a transformem em algo que você definitivamente não é. E quando o fogo da idolatria começar a queimar, não o alimente. E, tão importante quanto isso, jamais use seu poder de maneira injusta. Ser o mais forte, ou mesmo estar com razão, não justifica qualquer tipo de humilhação perpetrada ao mais fraco ou néscio. Jamais use seu poder de forma leviana, Aurora.

– Suas palavras são pesadas para nós.

– É o preço pago por possuir um Objeto de Poder, Pedro. Vocês precisam se responsabilizar pelas habilidades que possuem. E eu sei, sim, Pedro, eu sei, que agora você é bem mais poderoso do que quando saímos de Bolshoi.

A hora da verdade chegara para o aqueônio.

– Você é capaz de ler a mente das pessoas, não é?

Num sobressalto, Aurora voltou-se com espanto para o querido amigo. Ela o encarou, perscrutando seus olhos chispantes. Percebeu que a cauda do aqueônio vacilou em um movimento impreciso de um lado para o outro. A fada começava a entender a linguagem não verbal daquele povo.

O silêncio de Pedro o denunciou.

– Quando você pensava em me contar isso?

O silêncio se manteve.

Aurora se recordou das estranhas declarações de Pedro no dia anterior, antes de se encontrarem com Joaquim, José e Caliel.

– Como você faz isso? – arguiu Huna.

– Eu não sabia o que acontecia. Eu... eu simplesmente olho nos olhos das pessoas e consigo ouvir o pensamento delas.

Sem pestanejar, a pequena fada desviou seu olhar do de Pedro.

– Não sempre! Mas tem acontecido com frequência...

Aos poucos, Aurora se encorajou a olhar novamente para seu amado.

– Às vezes eu não consigo escutar nada – enfatizou o aqueônio, na tentativa de acalmá-las.

– Percebem a importância do que conversamos aqui sobre os mitos, ídolos e sobre poder? – inferiu Huna. – Meus queridos, vocês são capazes de destruir pessoas, povos inteiros, ou abençoá-los com o poder que possuem. Muitas vezes estarão com as emoções à flor da pele, mas não se deixem vencer por elas. Um minuto de loucura é capaz de estragar uma vida inteira regrada pela sabedoria.

– Agora você está parecendo meus pais – riu o aqueônio, tentando disfarçar o medo causado pelo que escutava e também tentando parecer cômico. – É sério! Eu já ouvi esse discurso antes, mais de uma vez.

– Aurora não. E o momento para que ela o ouça é agora.

Algo surpreendeu o aqueônio. As palavras que fluíam da mente da fada mãe para ele – não aquelas que ela recitava com a boca – deixaram-no estarrecido. Pedro leu nos pensamentos de Huna algo que precisou guardar para si.

Se ele deixasse escapar o que ouvira mentalmente, reforçaria a ideia de que, em todo momento, invadia a privacidade dos outros. Acabaria assustando as pessoas, os amigos e até mesmo Aurora. Soaria extremamente invasivo. Não seria legal de sua parte deixar as pessoas saberem que ele era capaz de descobrir seus segredos mais ocultos.

Como controlar tal poder? Como lidar com tudo aquilo? Aquele foi o instante mais tenebroso da jornada para o aqueônio, quando olhou nos olhos de Huna e viu o que se passava em sua mente.

Ela não era apenas uma fada; era uma monarca com a Visão totalmente desenvolvida e com muita experiência de vida. O que Pedro descobriu foi devastador, impronunciável, insolente e reprovável.

– Acho que chegou a hora...

Aurora e Huna entenderam coisas bastante diferentes ao ouvir Pedro dizer aquilo.

– Sim. Chegou a hora de continuarmos nossa viagem – riu a menina.

Pedro se afastou da beira da fonte e caminhou até o muro destruído. Estava inconsolável. Precisava aprender a lidar com seu novo dom. Ter o poder de saber tudo sobre uma pessoa, apenas olhando em seus olhos, mesmo que parecesse legal no primeiro momento, vinha se tornando uma maldição para ele.

A introspecção de Pedro foi quebrada por uma curiosidade que surgiu ao se deparar com as ruínas do muro.

– Que estranho! Essas inscrições no muro são enigmáticas.

Huna se aproximou e viu uma imagem que a aterrorizou: três triângulos desenhados igualmente aos que ela formou com os galhos de árvore, anos atrás, quando visitara o pântano junto com Vicente Bátor.

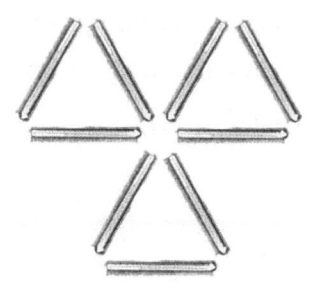

– Este é o símbolo das Moiras, as senhoras do pântano, as três irmãs cegas – explicou.

Huna voltou-se para a filha.

– Eu tinha o mesmo espírito de bravura que você tem, Aurora, e estava apaixonada – disse olhando para Pedro. – E acreditava que encontraria o Objeto de Poder capaz de quebrar a maldição das fadas. Eu lamento todos os dias pela minha fraqueza.

Huna fraquejou como nunca antes na presença dos jovens.

– Eu havia encontrado um contrafeitiço e sabia que sua origem arremetia aos gnomos das planícies de Ignor. Mas quando estamos apaixonados, costumamos criar nossa própria realidade contra a verdade mais óbvia que possa existir. Eu fui indiferente ao que meus instintos diziam e executei o contrafeitiço.

– E o que aconteceu?

– Eu abri uma porta nas trevas, Pedro. Os triângulos nesta formação perfazem a estrutura interna da Roda da Fortuna.

– A imprevisibilidade da vida – sussurrou o aqueônio.

– Sim, a constante transitoriedade de nossas experiências. A Roda da Fortuna é simbolizada pelo tear usado pelas irmãs cegas.

O que passou pela mente da pequena fada foram os teares de seu lar; sua avó, uma excelente fiandeira, assim como Huna, sua mãe, e até ela própria.

– Pedro chutou um pedaço do concreto, abaixou-se e removeu mais vestígios da decadente construção à sua frente. Sob as pedras, um bloco retangular intato foi descoberto. Seis números estavam escritos em ordem: 16, 06, 68, 88 e 98. Entre os dois últimos havia um espaço como se um sexto número faltasse na sequência.

> 16 06 68 88   98

– Por Mou!

– O que foi? – perguntou o aqueônio, como se tivesse feito algo de errado ao remexer a ruína.

– Isto não é apenas uma fonte de água – informou Huna.

Aurora leu os números em voz baixa.

– Esta estrutura foi erigida para conter forças do mal. E pelo visto, com o passar do tempo, uma pessoa incauta, assim como eu em minha juventude, abriu um segundo portal.

– O que significa isso?

– Com certeza, nada de bom, Pedro.

Huna precipitou-se à resposta de Aurora e pediu que os jovens aguardassem no local. Ela precisava informar as outras monarcas sobre o achado. Enviaria uma mensagem através do vento.

Após desprender seu cajado da montaria, afastou-se com silenciosa preocupação, desapareceu por trás dos arbustos, na direção de uma grande rocha que ocultava o Navegantes.

Pedro não sabia o que falar, apenas refletia sobre aquela numeração a sua frente.

– Falta um número entre o 88 e o 98.

– Foi o que eu pensei, Pedro. Você está lendo meus pensamentos? – protestou Aurora.

– Não.

– Sim.

– Não seja tola. Eu apenas pensava o mesmo que você. Não parece tão óbvia a curiosidade causada por este enigma? Falta uma numeração, Aurora.

Rindo, ele a puxou para si e a abraçou.

– Você não conseguirá esconder mais nada de mim.

– Não pretendo.

– Eu queria ter contado antes, mas estava tudo ainda muito confuso para mim.

– É estranho, apenas isso.

– Saber o que se passa em sua mente?

Ficaram imóveis, sentindo o toque um do outro.

Pedro recordou-se do que vira no olhar de Huna, minutos atrás, e também no que a fada dissera sobre a libertação do mal sobre a terra de Enigma.

O instante afetuoso do abraço foi aos poucos dissipando os maus pensamentos do aqueônio, que envolveu ainda mais forte o corpo de Aurora. Ele precisava valorizar o momento, esquecer as coisas ruins e curtir o que, de fato, possuía naquele instante, sem se inquietar com o que estava por vir.

Algo estalou próximo do casal, mas não foi suficiente para chamar-lhes a atenção. Outro estalo seguiu-se de mais dois.

Aurora e Pedro gozavam com tanta profundidade do momento a sós que não perceberam que a figura central das estátuas da fonte começava a se mover. Cloto ganhava vida como um ganso saindo do ovo em seu nascimento.

As peças marmóreas começaram a trincar, com velocidade maior a cada estalo, provocando um som desordenado, enquanto o corpo de uma senhora extremamente velha surgia no meio das outras duas estátuas.

Os jovens apaixonados se desvencilharam um do outro, num espanto incontido, ao perceberem a horrenda figura à sua frente. Os cavalos ficaram inquietos e apavorados, como que sentindo malignidade na presença da criatura.

O jovem casal via-se diante de algo sobrenatural e maléfico.

A ROCA E O FUSO

Aurora vasculhou com o olhar o caminho que Huna tomara minutos atrás. Desejou a presença da mãe. Revelava medo da aparição.

Não havia olhos na face monstruosa da velha senhora, por isso Pedro não conseguia saber o que ela pensava. O aqueônio também se via paralisado, horrorizado, com o corpo gélido.

– Como...?

Aurora queria saber como a velha surgira daquela maneira mágica, mas suas palavras se perderam.

Os passos mancos da mulher faziam-na arrastar-se; sob o braço esquerdo ela trazia o que Aurora reconheceu ser uma roca; com a mão direita ela segurava um objeto roliço e pontiagudo, que brilhava como os raios do sol, a fada não teve dúvidas: era um majestoso fuso.

– Oh, que belo casal!

– Você... você não é humana.

A mulher olhou para a tábua de pedra com os números e falou:

– Então, vocês gostam de decifrar enigmas?

Uma gargalhada sinistra saiu da boca desdentada da mulher.

– O que você quer conosco?

A mulher parecia falar com seus botões, sempre observando Pedro, com cautela.

– Uma sacerdotisa protegida por uma torre forte – riu sombriamente.

O aqueônio estranhou aquelas palavras. Como Huna, na maioria das vezes, a funesta criatura à sua frente também parecia falar em mistério.

– Que belo manto.

Com o gancho da parte superior do fuso, a bruxa pescou um fio do Manto de Lilibeth. Aurora não esperava por aquilo e protestou com um grito.

– Ei!? O que você está fazendo?

O fio se soltou da capa da fada. Pedro segurou Aurora pelo braço, como que formando um cabo de guerra entre ele e a senhora do pântano.

– Deixe-a em paz, sua velha!

A face da criatura tornou-se ainda mais horrenda, semelhante a uma imagem distorcida pela ondulação causada no espelho d'água de um lago.

À medida que Aurora puxava o fio que se desprendia de sua vestimenta, mais facilmente ele parecia deslizar por seus dedos e se enrolar no fuso mágico.

Pedro notou o desespero no olhar de Aurora. Nele, o aqueônio viu o corvo gigante no qual sua amada se transformara na torre em Matresi. O Lictor parecia querer se libertar.

O fuso possuía magia negra, contrária à magia do Manto de Lilibeth. E a maneira como a posse do Objeto era retirada de Aurora, aos poucos, vagarosa e sorrateiramente, impedia a libertação do Lictor.

Por instinto, a menina olhou para os destroços da fonte logo atrás da criatura e, com seu poder de mover coisas a distância, começou a projetar blocos de pedra sobre a monstruosidade à sua frente. Os projéteis acertavam a bruxa com intensidade capaz de matar um ser humano; mas não a destruíram.

Ainda mais assustadora, a mulher moveu com uma força sobrenatural as pedras que caíram sobre si, ressurgindo. E o pior: o fio do manto continuava a se enrolar no fuso.

– Aurora! – gritou Huna.

A fada correu na direção da filha e acertou o fio do manto com seu cajado. Atacou mais três vezes e nada. Não conseguiu arrebentá-lo.

Direcionou o bordão para a velha na intenção de ameaçá-la, mas sabia que se achava diante de uma assombração, do espectro de uma criatura infernal que tentava se libertar de sua prisão no submundo.

Com a rapidez de uma corça em fuga, Huna tirou de dentro da bolsa que trazia presa ao corpo um pequeno pote contendo um pó. Espalhou-o pela palma das mãos e tocou o fio solto do manto da filha.

A fibra têxtil parou de se desenrolar.

– Isso não resolverá por muito tempo – advertiu, olhando para o bloco de pedra com a numeração.

– O que está acontecendo, mamãe?

– Ela possui um objeto mágico e, para anularmos seu poder, a numeração que foi removida do bloco de pedra precisa ser reescrita nele.

– Não fazemos a mínima ideia de qual número o preenche corretamente.

O aqueônio escutou Aurora dizer aquilo e olhou para o bloco com os números, tentando encontrar a solução.

Nesse momento, o rosto da bruxa se contraiu e a face de um animal hediondo cresceu de sua pele, ameaçando abocanhar Aurora.

Após se desvencilhar dos golpes afiados, proferidos pela boca do monstro, a fada voltou a lançar pedras sobre a cabeça da criatura.

O filamento de seu manto permanecia tensionado, mas ainda imóvel.

– Os efeitos do pó de comigo-ninguém-pode não resistirão por muito tempo – anunciou Huna com aflição no tom da voz.

Sem perceber o que fizera, Aurora lançou o bloco de pedra com as inscrições numéricas sobre a criatura. Entretanto, a velha, transmutada em um animal perturbado se desviou.

O bloco se encravou a poucos metros de distância de Pedro, ninguém se feriu.

– Por Moudrost, você não tem poder sobre nós!

O grito de Huna fez com que o ser decadente cessasse os movimentos, embora sua boca com dentes gigantescos continuasse a se remexer com insanidade ofensiva.

Ofegante, Pedro se aproximou dos números inscritos na pedra que caíra a seu lado e, para sua surpresa, percebeu que Aurora fizera bem ao lançar o projétil. O bloco caíra de ponta cabeça e, com a nova perspectiva formada, o enigma se desvendou.

Quando vista de cabeça para baixo, uma nova sequência numérica surgia. O número 89 se tornava 68; o 06, 90; o 16, 91. Dessa maneira, foi fácil descobrir o número ausente.

Sem pestanejar, utilizando a Pena de Emily, Pedro abaixou-se e escreveu 87 no espaço vago.

Imediatamente, o fio do Manto de Lilibeth se rompeu e Aurora caiu para trás no chão, devido à força contrária que fazia para se soltar.

Huna percebeu que o aqueônio desvendara o mistério, salvando a vida de sua filha.

O corpo da bruxa retornava a seu estado inicial, ao longo de uma transformação perturbadora, à medida que ela se afastava de costas na direção do muro, guinchando de ódio.

– Não permita que ela se torne novamente uma estátua. Reescreva toda a numeração com a pena encantada, Pedro.

O aqueônio permaneceu abaixado e começou a sobrescrever os números, um a um.

Antes que conseguisse enquadrar-se no meio das outras duas estátuas, o corpo da velha do pântano se endureceu e, repentinamente, se desfez como pedra sendo triturada. A roca e o fuso quebraram-se junto com ela. Seu último grito, rouco e agourento, ecoou na copa das árvores como um prenúncio de maldição.

– Hastur vive!

Respirando de maneira aflita, Huna foi aos poucos recuperando-se do susto. Aurora permaneceu no chão e foi confortada por Pedro, que a abraçou sentindo seu coração descompassado diminuir gradualmente o ritmo dos batimentos.

Eles não conseguiram falar por um bom tempo.

A mansidão e a doce paz que desfrutavam no decorrer da viagem chegaram ao fim.

– O que era aquilo, mamãe?

A menina precisou repetir sua pergunta para conseguir uma resposta.

– Este pântano é amaldiçoado, filha. Completamente assombrado. E os presságios não são nada bons.

– Aquele fuso e a roca... pareciam tão fortes quanto o Manto de Lilibeth.

– Sim, Pedro.

– Ela queria o manto para si, mamãe.

– É a única maneira que ele terá para vencer.

Aurora e Pedro não compreenderam.

– Ele quem, mamãe?

– Hastur, o Destruidor da Forma, o Gerador do Caos.

Estendendo as mãos para os garotos, Huna os ajudou a se levantarem. Havia inquietação nos modos da fada. Uma pressa incontida em prosseguir na viagem surgiu.

– Hastur, um dos Deuses Exteriores?

– O maior deles, Pedro.

– Eu sempre encarei tais histórias como metafóricas – riu o aqueônio.

– Não são. Veja por você mesmo. Os Objetos de Poder começaram a ser descobertos e, na mesma época, forças do mal despertaram em Enigma.

Aurora ainda tremia.

– Ele fará de tudo para destruir os Objetos ou destruir vocês, assim como fez no passado.

Pedro viu espanto e horror nos olhos de sua amada, então, respondeu, tentando confortá-la:

– Não deixaremos que aconteça. Escreveremos uma história diferente.

Huna aplaudiria tais palavras de encorajamento e bravura, se não fosse tão sábia.

– Nem sempre a história que escrevemos nos pertence, Pedro.

O aqueônio lançou-lhe um olhar de incompreensão.

– Certamente escreveremos nossa história – amenizou a fada, tentando não ser rude. – E ela será parte de uma história infinitamente maior. Se conseguirem entender esse mistério, muito provavelmente conseguirão fazer com que o bem triunfe. Os primeiros possuidores não entenderam. Por causa disso os Objetos se perderam. Este é o maior segredo desta jornada. Não é nada sobre vocês, não é nada sobre nós.

Pedro e Aurora fingiram entendimento.

– Montem! Entraremos no Pântano Obscuro – ordenou Huna.

– E Corema, a capital?

O protesto deu um novo rumo à conversa.

– Eu retornei, a fim de dar a informação, minha filha, mas aquela coisa me surpreendeu.

Huna se referia à aparição.

– O que o vento traz?

– Notícias sobre um grupo de amigos que precisa de ajuda com o anão e o gigante.

– Eles se perderam?

– Não, Aurora. Eles se encontraram com outros viajantes. Estes, sim, estavam perdidos e continuam em apuros.

Huna olhou de esguelha para Pedro, atiçou o cavalo com as esporas e respondeu enquanto avançavam.

– O tempo urge.

Aurora não gostou da decisão de adentrarem o pântano. Contudo, não tinha outra opção.

Durante uma hora, seguiram por um caminho repleto de centáureas e cornisos.

No oeste, o sol poente alongava as sombras e a floresta se encolhia na escuridão, silenciosa, cada vez mais assustadora.

À medida que prosseguiam, os troncos das árvores ficavam mais grossos e o único som ouvido por um bom tempo foi o do casco dos animais fustigando a grama luxuriante da trilha que seguiam.

O ar tornava-se mais rarefeito, como se subissem uma montanha. Eles sabiam, porém, que os morros e colinas que encontravam no caminho não eram altos o suficiente para causar aquela sensação atmosférica.

Mesmo com a luz fraca de um dia declinante, a lua surgiu precipitada, envolta em um magnífico halo que hipnotizava. Quanto mais os três cavalos avançavam na jornada, mais a temperatura ambiente diminuía.

Os únicos instantes de hesitação durante a cavalgada frenética foram os que Huna freou seu animal para observar as primeiras estrelas que salpicaram o firmamento. A fada se guiava por elas, aproveitando o céu sem nuvens e azulado pelo crepúsculo.

Diferente da estrada principal que percorreram na maior parte do trajeto rumo à capital, não havia sebes por ali, nenhuma marcação de território, de estradas, nenhum sinal de fazendeiros ou mesmo mercenários.

O pântano, definitivamente, não era um lugar frequentado, e uma ideia começou a crescer na mente do aqueônio: aquela seria a noite mais escura que já experimentara.

Pedro tentou se esquivar dos pensamentos ruins, mas dessa vez não conseguiu; o que lhe pareceu a maldição de seu novo poder. Ao ler a mente das pessoas ele era capaz de saber coisas terríveis, inconvenientes e até mesmo perigosas. Então, passou a se perguntar como deveria se portar com naturalidade diante das pessoas, sabendo seus segredos sem que elas soubessem disso?

Ele percebeu que precisaria aprender a lidar com aquilo. Essa foi a principal questão em sua mente durante o longo trajeto que fizeram desde que saíram da fonte na borda oeste da Floresta Harmoniosa.

– Não devemos estar longe! – Huna informou, mas sua declaração não transmitiu segurança.

Aurora e Pedro ainda não tinham percebido que algo começara a perturbar a fada como nunca antes.

Reduziram a marcha aos poucos até pararem os cavalos. Adentraram muito o terreno pantanoso e a vegetação agora lhes impedia de ver o céu. Sem uma bússola ficava difícil decidir que direção tomar.

Aurora soube que estavam perdidos. Para Pedro, a ficha só caiu quando ouviu o desabafo de Huna.

– Foram muitos anos sem visitar esta região. A floresta me parece tão diferente.

– Estamos perdidos, não é? – sentenciou Aurora.

– Se eu pudesse me guiar pelas estrelas...

Os três olharam para a copa das árvores. A única coisa que enxergaram foi breu.

– Precisamos acender tochas – disse o aqueônio, descendo do cavalo.

Pedro vasculhou os galhos baixos das árvores que ladeavam o caminho. Retirou da bolsa uma camisa velha e a rasgou em dois pedaços. Após enrolar cada parte em um tronco, acendeu-os.

– Isto nos ajudará a encontrar o caminho.

Recebendo um dos archotes, Huna preferiu não frustrar o garoto. Ela sabia que a luz traria certo conforto para eles na escuridão, que começava a se formar, mas não ajudaria a encontrar a direção correta.

Ficaram calados e parados por um instante que pareceu uma eternidade.

Pedro já montara seu cavalo e esperava um comando da fada mãe, o que não veio. Ele e Aurora chegaram a pensar que o silêncio era proposital para que conseguissem escutar algum som capaz de ajudá-los.

O pio agudo de um corvo gelou o corpo de Aurora e durante o silêncio Pedro viu uma coruja voar sobre suas cabeças.

Era certo que estavam cercados por animais noturnos, que despertavam. Mas o grupo não percebia, uma vez que o ambiente se tornava cada vez mais escuro.

Com humildade no falar, Huna confessou:

– Estamos perdidos.

Pedro quase caiu de sua montaria ao escutar aquilo.

– Eu sei onde o anão e o gigante se encontram na floresta de choupos, mas minha única orientação para chegar até ela eram as estrelas.

Antes que pudesse falar mais alguma coisa, Huna sentiu o corpo ser arrancado cuidadosamente de cima do animal que montava. A fada começou a levitar e percebeu logo que era Aurora que a elevava. Seu corpo subia, movido com cuidado, passando pelos galhos das árvores, até atingir a copa. Um sentimento bom a dominou ao ver a filha usando o poder do Manto de Lilibeth sobre ela.

A tocha que Huna segurava ajudou Aurora guiá-la do solo da floresta até o alto, pois a chama clareava todo o percurso vertical, sinalizando o caminho.

A fada, lentamente, atingiu o topo das árvores.

Acima da floresta, Huna percebeu que ainda havia luz do sol. Uma paisagem fantástica se descortinou. Até mesmo aquele lugar sombrio e cheio de perigos noturnos poderia ser apreciado, quando observado de outra perspectiva.

Estendendo o braço direito para as Colinas de Plodan, Huna identificou o Norte. Ao longe, à sua frente, num horizonte amarelado com tons de vermelho, ela notou o terreno se elevar tornando-se montanhoso. Por causa da luz ela conseguiu distinguir a mudança da vegetação no pântano e percebeu que precisavam pegar a trilha para o Sudeste. Estavam próximos do local informado pelo alado na mensagem trazida pelo vento.

O dia estava abafado e quente. O frio se concentrava dentro da floresta. Huna desejou ficar mais um tempo nas alturas, contemplando aquela vista, mas sabia que não deveria.

Do chão, Aurora viu quando sua mãe balançou a chama de um lado para o outro e entendeu que precisava descê-la.

Com o mesmo cuidado com que a elevou, a menina a trouxe de volta.

Huna abriu um sorriso encantador para a filha. Antes de montar, encaixou a tocha no arreio, próxima a seu cajado, e se aproximou para abraçá-la pela cintura. Olhou para cima, nos olhos da menina e falou:

– Você não faz ideia do quanto me orgulho de você, minha filha.

Aquelas palavras aqueceram o coração da jovem fada.

Pedro toldou seu olhar. Queria não estar ali e poder deixá-las viver aquele instante sozinhas. Quantas palavras Huna economizara por causa da presença dele? Isso ele jamais saberia.

– Eu te amo, mamãe.

– Eu te amo, minha doce menina.

Ambas abriram um sorriso em resposta às declarações e demonstrações de afeto realizadas.

Os minutos que se seguiram foram de cavalgada leve e cuidadosa. Em menos de uma hora se encontrariam com o outro grupo.

PARTE IV

REUNIDOS

Embora o pergaminho tenha mostrado Bátor aprisionado no submundo do pântano, também revelara que ele se encontrava vivo. Isso deixou Gail menos aflita e mais cheia de esperanças.

Bernie contou sobre o contato que fizera com a fada duas vezes durante aquele dia. Sendo que no segundo avisara sobre a busca pelo paladino. E, como era o mais velho da equipe, deu ordem para esperarem na floresta de choupos até que fossem encontrados por Huna.

Relutantes, Isaac e Gail aceitaram aguardar, mesmo sabendo que dentro de alguns minutos a escuridão cobriria por completo o Pântano Obscuro.

Bernie alçou voo com a justificativa de que faria um reconhecimento da região. Gail suspeitou que ele também ficara aflito pela vida de Bátor e queria atalhar o encontro que havia marcado com a mulher encantada.

Nesse meio tempo o anão albino, o gigante, o matemático e a possuidora do cubo mágico tiveram oportunidade de se conhecerem melhor.

Isaac falou rapidamente sobre o poder do objeto que possuíra. Mostrou ao grupo os cinco dados em sua sacola e explicou que não funcionavam na ausência do sexto elemento, no caso, a moeda que eles tinham visto durante a incursão ao passado.

– A moeda também é um dado. Na verdade, ela é o menor dado que existe, com apenas dois lados. Então, tanto faz se você disser que o Objeto da matemática é formado por seis dados, ou cinco dados e uma moeda.

Arnie e Le Goff acharam curiosa a explicação.

– Ele só levou a moeda porque eu a ofereci – explicou Isaac, com notável lamento. – Objetos de Poder não podem ser tomados de seus possuidores. Certa vez, quando isso aconteceu comigo, eu me transformei em um dragão e o Objeto de Poder foi recuperado.

O garoto percebeu que aquilo não era novidade para seus ouvintes.

– Sim! Já sabemos disso – relatou Le Goff. – Passei a vida estudando sobre eles. E vi com os próprios olhos este camarada aqui se transformar em um monstro e matar os perseguidores que tentaram arrancar seus braceletes.

Arnie arqueou as sobrancelhas para Gail, sem nada dizer. Não era a primeira vez, desde que saíram de Darin, que ouvia Le Goff se vangloriar por promover e testemunhar o ocorrido. O gigante achava engraçado ouvi-lo falar sobre o acontecimento, mesmo porque não se lembrava absolutamente de nada daquele incidente tão peculiar.

O colosso afastou-se do grupo e começou a procurar tocos de madeira com os quais pudesse fazer bons archotes, pois sabia que em poucos minutos a escuridão invadiria por completo o local onde se encontravam.

Arnie retirou do bolso a folha de papel que coletara na caverna onde viram Bátor. Observou outra vez aqueles rabiscos. Eles pareciam não significar nada, mas algo lhe dizia que eram importantes.

Durante toda a viagem, quando falavam sobre o poder do pergaminho, Le Goff insistia no fato de não poderem alterar o que passou e de que as diferentes linhas temporais não colidiam.

No entanto, o colosso trouxera um item do passado. Aquele era um sinal de que o anão estava errado. Como explicar a verdade para o albino sem deixá-lo desconcertado? Arnie conhecia muito bem seu amigo. E esperava o momento propício para conversarem sobre a ocorrência.

– E o que você sabe sobre os Objetos Trevosos? Você me pareceu surpreso ao ler sobre eles no pergaminho – perguntou Gail ao anão, investigando com cuidado suas feições.

Embora tivessem acabado de se conhecer, ela conseguia detectar certa vaidade em seus modos.

– Você também não sabia nada sobre eles, não é? – perguntou ela.

O sentimento de frustração fez o rosto de Le Goff ficar corado.

– Anões alados são ótimos historiadores, mas não é vergonha não ter conhecimento sobre algo – amenizou a menina, percebendo que Le Goff realmente não estava nada confortável em demonstrar ignorância.

– Foi a primeira vez que li essa expressão – confessou, por fim, o anão.

Gail deu de ombros.

– Na entrada do pântano encontramos uma estranha mulher que possuía uma tesoura mágica – contou Isaac. – Em nossa visita ao passado, a mulher que vimos segurava uma tesoura, um novelo... só podem ser Objetos Trevosos. E...

– Você ficou muito mal quando se aproximou deles – interrompeu Gail –, mesmo estando numa outra dimensão. Aquilo só ocorreu com você.

– "Mesmo estando numa outra dimensão" – repetiu Le Goff. – "Mesmo estando numa outra dimensão".

– O que foi?

– Ele está raciocinando, Gail.

– Não precisa ser muito inteligente para perceber isso, Isaac – respondeu a menina. – Eu estou cansada de esperar. É a vida de meu pai que está em risco – desabafou.

– Tenha calma – orientou o matemático.

– Lembram quando falei que Arnie e eu já estivemos presos em uma masmorra? A assombração de Rafan, um feiticeiro antigo, desejava possuir os braceletes de Arnie...

Isaac e Gail deixaram de lado o conflito que começava a surgir entre eles. Voltaram-se para ouvir o anão, que prosseguiu:

– ... ele aguardou quinhentos anos para isso, desde quando o Objeto de Poder dos gigantes foi forjado.

Em seguida, Le Goff resumiu a história do rei Bene Véri e suas três filhas e dos Braceletes de Ischa.

– Isso soa, no mínimo, familiar, perto do que você leu sobre Valquíria e Parco – concluiu Gail.

– Eu sei. Rafan ficou aprisionado centenas de anos em um calabouço bidimensional.

– Você está pensando o mesmo que eu, Le Goff?

– Acho que sim, Gail – respondeu o anão.

Isaac sentiu desconforto ao perceber que não tinha alcançado o raciocínio deles.

– Assim como Rafan, um espírito demoníaco está preso naquele lugar.

A conclusão a que Gail chegou, turvou o entendimento de Isaac.

– Ou três – sugeriu o voador.

– Em Abbuttata, papai comentou ter visto uma mulher. Ele não pretendia parar na cidade, mas repentinamente, mudou de ideia. Mudou de ideia porque viu uma mulher que ninguém mais viu, pelo menos eu não. E as ruas da cidade estavam vazias. Isso não me passaria despercebido.

– Um vulto – apostou o anão.

– Uma aparição – afirmou Gail.

Aquilo fazia sentido para Isaac.

Gail ainda se questionava:

– Essas mulheres... são as irmãs cegas?

– Talvez – concordou Le Goff.

– Mas também é possível que todas sejam apenas uma – a menina tentou explicar, mas a resposta final veio do albino.

– Valquíria!

Arnie surgiu, repentinamente, segurando duas tochas acesas, mas não estava só.

– Valquíria?

A repetição daquele nome foi feita por uma mulher que vinha junto com o gigante: Huna.

– Então, vocês já sabem – completou a fada.

Surpresos, Isaac, Gail e Le Goff só não ficaram mais assustados porque viram Bernie e o gigante junto com a mulher, e as outras duas pessoas estranhas que se aproximavam.

– Pessoal, esta é a monarca Huna. Estes são a filha dela, Aurora, e Pedro, o aqueônio.

– Bernie me contou sobre vocês – sem se importar com as apresentações, Huna prosseguiu. – Parece que agora temos reunidos aqui seis possuidores de Objetos.

Isaac não ficou alegre em ouvir aquilo. Ele não tinha certeza se voltaria a possuir a moeda.

– Olá, anão, nos encontramos novamente.

Um sorriso despontou na face de Le Goff.

Pedro olhou no fundo dos olhos do albino e não gostou do que leu em sua mente: "Eu tenho o pergaminho".

– Se tudo o que Arnie me disse está correto, Vicente foi levado para algum lugar no subsolo. E o que marca a entrada do local é um salgueiro.

A forma como a fada se referiu à Bátor, usando seu primeiro nome, chamou a atenção de Gail, pois pouquíssimas pessoas se referiam a seu pai daquela maneira.

– Eu sei exatamente que local é aquele – revelou Huna, por fim.

– Por que não terminamos primeiro as apresentações? – indagou Le Goff, referindo-se a Isaac e Gail.

– Desculpe-me. É que salvar a vida de Vicente tornou-se algo tão urgente, que me precipitei.

– Já perdemos tempo demais aqui. Podemos nos conhecer melhor no decorrer do caminho. Se você sabe como chegar até aquele lugar, por favor, leve-nos para lá!

– Sem ofensas, menina – protestou o albino. – Tudo bem que ele é seu pai, mas...

– Você é filha de Vicente? – perguntou Huna com evidente surpresa e espanto.

Não foi apenas o eco da pergunta que ressoou pela floresta, mas também o constrangimento do silêncio que o seguiu e a mudança notória na fisionomia da fada diante da revelação. Tudo isso causou um estranhamento geral.

Somente Aurora sabia da história de amor entre sua mãe e o paladino. E, a partir daquele instante, passou a observar os modos de Huna com mais atenção.

– S-sim, eu sou.

Huna puxou Gail e abraçou-a. A menina ficou confusa.

Aurora lembrou-se do momento em que foi confortada por Virgínia Theodor na entrada de Bolshoi, no dia de sua menarca. Preocupou-se também com os sentimentos de sua mãe.

A reação da fada foi traduzida por Isaac, Arnie e Bernie, como um ato de respeito e compaixão. Le Goff, assim como a própria Gail, pensou existir algo que precisava ser explicado melhor naquele gesto de afeto extremo, manifestado repentinamente.

– Imagino como você se sente, bela garota. Não nos alongaremos nas apresentações. Como já foi falado, Aurora Curie é minha filha. Ela encontrou o Objeto de Poder das fadas, o Manto de Lilibeth.

Aqueles que minutos atrás escutaram Le Goff narrar a história de Valquíria, recrudesceram a atenção.

O que estaria por trás de todos os acontecimentos bizarros daquele dia? Que encontro incomum ocorria no Pântano Obscuro naquele instante?

– Pedro é um aqueônio e possui a Pena de Emily, o Objeto criado por seu povo.

Pedro acenou com a cauda. Arnie achou graça.

– Este é o Cubo de Random – disse Gail. – Ele me permite manipular variáveis ligadas ao tempo, à atmosfera, à natureza...

– Fantástico, garota – disse Huna, lançando um olhar maternal para Gail, o que muito a constrangeu.

Pedro observava Le Goff, tentando ler seus pensamentos.

De repente, por um milésimo de segundo, quando seus olhares se cruzaram, algo inusitado ocorreu.

O pensamento do anão foi bruscamente interrompido e quando retornou, de um lapso inexplicável, o que dizia eram coisas totalmente diferentes.

A sequência de leitura da mente de Le Goff, feita por Pedro, foi assim:

"Preciso saber o que está acontecendo."

Lapso.

"Então é isso! Quem diria. Inacreditável."

Pedro havia lido os pensamentos de Caliel, os pensamentos de Huna, de Aurora... e em nenhum momento aquele tipo de interrupção e mudança de conteúdo ocorrera. O aqueônio ainda não sabia que o anão podia viajar no tempo.

– E você, quem é? – continuou Huna.

– Isaac Samus, de Finn.

– Ah, sim. Bernie comentou sobre você.

– Eu perdi o Objeto.

– Para salvar a vida de Vicente, não foi?

Isaac sentiu-se confortado ao ouvir Huna dizer aquilo e acenou com a cabeça.

– Tenho certeza de que você descobriu quão valiosa é a vida do paladino, Isaac, de Finn. Às vezes perdemos algo que tanto amamos para darmos valor ao que verdadeiramente importa. O destino é conduzido pelas mãos nas quais o depositamos. Portanto, não se entregue a ele, garoto. Jamais. Tenho certeza de que você será valente o bastante para salvar seu amigo.

Isaac permaneceu imóvel, atônito. Quem era aquela mulher que falava tão estranhamente?

Huna deu um passo para trás, juntando-se a Bernie. Contemplou com regozijo o quadro à sua frente e falou pausadamente:

– Um anão, um gigante, uma fada, um aqueônio e dois humanos. Estamos próximos de encontrar o último Objeto.

Sem que percebessem, os seis possuidores viam-se lado a lado, formando uma cena majestosa, uma equipe peculiar.

Bernie sentiu-se honrado por estar ali.

– Vamos! Temos uma longa caminhada pela frente e não sabemos o que nos espera – orientou Huna. – Pedro, Aurora, deixem os anões montarem os cavalos.

Arnie colocou Le Goff sobre a montaria de Pedro. Bernie voou e aterrissou sobre o cavalo de Aurora.

A monarca caminhava, puxando sua montaria pelas rédeas, enquanto segurava um archote com a outra mão. Isaac e Gail seguiam a seu lado.

Arnie entregou uma tocha a Aurora e outra a Pedro.

– Onde vocês estavam, quando Vicente foi levado? – perguntou Huna.

– Na cidade de Abbuttata – Gail respondeu prontamente com esperanças de que sua informação pudesse ser valiosa.

– Hum... não é perto daqui – explicou a fada.

– Por descuido meu, após escaparmos de um grande perigo, tomei uma decisão errada logo na entrada do pântano...

Huna notou o tom de arrependimento na confissão de Isaac e interveio.

– Pare de se culpar pelo que ocorreu e por terem se desviado.

O matemático a encarou, enquanto prosseguiam. Ele tentava se justificar, mas a fada o interrompia.

– É que...

– Todos cometemos erros, Isaac, de Finn.

– Eu sei.

– Escute, garoto, se vocês não se perdessem, certamente não teríamos nos encontrado. Isso deve significar alguma coisa, mesmo que ainda nos seja velado. – Voltando-se para Gail, Huna falou: – Pode soar estranho, menina, mas deveríamos nos sentir felizes ao passarmos por aflições. Elas sempre se traduzem em purificação.

Gail engoliu em seco. De alguma forma, sabia que as palavras de Huna continham sabedoria, mas não era fácil para ela vislumbrar felicidade em momentos como aquele. Seu pai corria risco de morte.

A marcha com que o grupo prosseguia era lenta. Parecia haver relutância no ritmo imposto pela fada. Ou ela queria aproveitar o momento para obter mais informações por meio da conversa ou receava os perigos noturnos da floresta.

Todos podiam escutar o que a sacerdotisa falava, pois o silêncio chegava a ser espantoso.

– A maldição que os *goblins* lançaram sobre as mulheres encantadas, por meio dos sacrifícios perpetrados por Valquíria, teve em contrapartida o encantamento de Objetos do mal.

– Os Objetos Trevosos? – perguntou Isaac.

– Como você sabe sobre eles? – espantou-se a fada mãe.

A resposta veio de Le Goff.

– O Pergaminho do mar Morto nos mostrou.

A fada arqueou a sobrancelha. Sentiu-se satisfeita ao lembrar-se da conversa com Aurora e Pedro sobre mito e poder. Receou que os demais jovens, agora presentes, não tivessem o mesmo cuidado ao usarem seus Objetos. Um fio de preocupação atingiu seus pensamentos, porém ela sabia que não era hora para mais sermões.

– Objetos Trevosos é uma história velada. Só existe um livro no qual ela foi escrita e, mesmo assim, está codificada.

– Por que, Huna? – indagou Gail.

– Coisas muito estranhas aconteceram com as pessoas que a leram.

– Como o quê, por exemplo? – insistiu a menina.

– Elas enlouqueciam! Foi por isso que um anjo a selou – revelou por fim a fada. – Uma das maiores fontes de conhecimento é a leitura, mas isso não significa que todo livro seja bom para ser lido.

– Pensei que você concordasse que adquirir conhecimento fosse algo bom. Não é possível que haja uma história que não possa ser lida. Isso é um exagero – retrucou Pedro.

– Embora o conhecimento não possa ser roubado, ele pode ser corrompido, Pedro. É exatamente isso que a história dos Objetos Trevosos faz com quem a lê. Ela é carregada de insanidade e loucura, perverte a verdade e dissemina o caos, levando o leitor à demência ou à morte.

O silêncio se tornou tanto sufocante quanto assombroso.

– Qual o nome desse livro? – perguntou Le Goff, dando a entender que tal informação deveria ser de seu conhecimento.

Huna não gostou da curiosidade do anão, mas respondeu mesmo assim:

– As poucas pessoas que souberam de sua existência o chamavam de *Necronomicon*; outros de *O Livro dos Mortos*; eu o chamo apenas de *Objetos Trevosos*.

Pedro viu quando o anão albino sacou o pergaminho do bolso. O aqueônio ainda não sabia como aquele Objeto de Poder funcionava, mas imaginou que Le Goff buscaria informações sobre o que conversavam.

– Gnomos, *goblins*, duendes, trasgos... são praticamente a mesma coisa – explicou Huna. – Apenas nomes diferentes para designar um mesmo tipo de ser: enganador. A maior oposição a eles somos nós, as fadas, em seguida, os anões alados e, por fim, os bardos. Porque, assim como eles, possuímos alguns poderes mágicos. Dizem que foram duendes que escreveram *O Livro dos Mortos*. Eu acredito que foram várias pessoas ao longo de séculos. Mas isso é apenas um palpite, que ainda não posso comprovar. Penso também que todas elas mantinham, de alguma maneira, ligações com duendes. Eles são criaturas maléficas, corrompidas desde sua criação. E, posso lhes assegurar, nada que vem deles é confiável. Eles utilizaram a ganância de Valquíria para aprisionar seu espírito e construir objetos malignos.

O calabouço bidimensional no Cemitério dos Anões veio à mente de Arnie. "Histórias trágicas são escritas por meio de pactos com seres das trevas", pensou.

– Hastur está por trás de tudo isso – continuou Huna.

– Um dos Deuses Antigos – sussurrou Le Goff.

– O maior dos Deuses Exteriores – corrigiu Gail, dando a entender que também conhecia a história.

– A ordem e a paz foram quebradas no começo da criação do universo, quando apenas raças não humanas existiam. Todas elas eram formadas por anjos. Hastur se rebelou contra Moudrost. O Destruidor da Forma, como era conhecido, começou a gerar o caos a partir do momento em que passou a se intitular de "origem não gerada". Ele se negava a ser conhecido como criatura. Ele almejava tomar o lugar de seu criador e, por meio da insistência em proclamar sua mentira, arregimentou inúmeros seres celestiais. Todos que o seguiram passaram a ser chamados de demônios.

– O pergaminho não me apresenta informações específicas sobre os *Objetos Trevosos*. Apenas vagas citações – interrompeu Le Goff.

– Anão tolo! – repreendeu Huna, cessando a caminhada e voltando-se para o albino. – Você não escutou o que eu falei? Todas as pessoas das quais tive conhecimento enlouqueceram após a leitura de *Objetos Trevosos*. Não se tratava apenas de um livro de encantamentos e rituais secretos. A simples leitura do *Livro dos Mortos* é capaz de causar danos irreparáveis ao leitor e abrir portais do inferno. Não percebe? É exatamente isso que Hastur vem tentando promover. Ele se esquivou do aprisionamento dos deuses e quer trazer de volta para esta dimensão todas as criaturas odiosas que foram banidas.

A luz do archote criou sombras medonhas no semblante da fada, enquanto ela falava com Le Goff.

O grupo ficou assustado. Aurora percebeu que sua mãe não se sentia bem em relação à postura insolente do albino. Então, a caminhada foi retomada em silêncio.

As horas passavam arrastadas, enquanto uma angústia se apoderava sutilmente dos componentes do grupo de resgate.

Sentiram o terreno ficar íngreme, o que retardou ainda mais o avanço da caravana. No alto do morro, ainda sob galhos troncudos e sem enxergar o céu, desceram por uma trilha larga e ganharam velocidade.

Huna parecia conhecer aquele caminho.

O silêncio que por longo tempo permaneceu com eles foi quebrado por Gail com uma pergunta:

– O *Livro dos Mortos* foi escrito por causa do aprisionamento dos Deuses Exteriores?

– Sim! Tudo o que resultou da guerra estelar entre anjos e demônios foi o aprisionamento dos condenados. Mas Hastur violou as leis dimensionais e escapou do Repouso Maldito. É ele quem está por trás da criação dos Objetos Trevosos. Seu objetivo é, e sempre será, se opor à harmonia e à paz, corromper a ordem. O livro é a chave para a abertura do portal que trará os Deuses Exteriores de volta a Enigma.

– É por isso que a única forma de quebrar a maldição das fadas foi encontrando o Objeto de Poder do povo encantado. Faz sentido, porque a maldição foi lançada durante a criação de um Objeto Trevoso – concluiu Pedro.

Huna confirmou com um movimento de cabeça.

"Como sofreram Lilibeth e Parco", pensou Gail.

Huna atualizou parte do grupo com detalhes sobre a história das senhoras do pântano.

– A impiedosa assistente comunitária era, na verdade, Valquíria. Por um longo período, com o poder dos Objetos criados, ela enganou muitas pessoas, criando as lendas das "senhoras do pântano". Ela fazia previsões e arregimentava adeptos, que com o tempo passaram a cultuá-la. Quando os camponeses descobriram a aliança que ela mantinha com o *goblin*, assim como a malignidade com que destruiu a família de Parco, soldados do exército real foram enviados para prender Valquíria e impedir que os duendes fizessem morada na região – antes de ser engolida por recordações desconfortantes, Huna finalizou sua narração. – A história do reino de Enigma sempre foi a história da sensatez contra a loucura, da sabedoria buscando impedir que a ignorância prevaleça.

AMOR E GUERRA

Imóvel e ofensiva, semelhante a uma cerca de espinheiro, a parede de escudos se projetava ao longo do campo. Essa foi a primeira imagem que veio à memória de Huna.

O exército de Enigma, em formação, se preparava para atacar o exército de Ignor na Planície Formosa. Aquela seria a última batalha antes do tempo de relativa paz que o reino experimentaria.

Enquanto guiava os possuidores dos Objetos pela região sombria, durante os momentos de silêncio e investigação da trilha a ser seguida, a fada revivia o passado registrado em suas memórias. Seus pensamentos voltaram a um dia da primeira imagem que lhe arrebatou a mente. E ela se recordou da conversa com Celeste no acampamento de guerra.

* * *

– Eu sei quem é Hajnal!

Ao ouvir a declaração, Huna abriu o sorriso mais doce que a amiga jamais presenciara durante aqueles longos tempos de tribulação.

– Huna, a monarca que enfeitiça os homens com a beleza que possui.

– Como se não ocorresse o mesmo com você, Celeste.

– Estamos em um campo de batalha. Aqui existem poucas mulheres. É normal que muitos homens tenham suas atenções voltadas para nós, mas com você é diferente. Em toda cidade, condado ou região por onde passa, você desvia olhares, fisga corações até mesmo antes desinteressados no amor... você desperta a paixão dos homens, monarca.

O olhar de Huna turvou-se.

– Eu não seria capaz, você sabe.

– Sim, Huna. Eu sei. Por isso você é a melhor de nós três. Holda, a vidente. Huna, a sábia e eu, a louca – Celeste escancarou uma gargalhada escandalosa.

– Eu me sentiria culpada.

Celeste se aproximou, ainda se recompondo do riso.

As duas monarcas olharam através da abertura de entrada da tenda, voltada para o oeste. À direita da enorme planície, avistaram a porção sul do Planalto de Gnson a quilômetros de distância, uma faixa pequena no horizonte. Logo à frente, inúmeras tendas salpicavam a Planície Formosa como as manchas na pele de um novilho malhado.

– Quem não se sentiria culpado? – os olhos de Celeste se fecharam agudos como os de uma serpente. – Talvez não se trate de amor, apenas de mantermos nossa linhagem, nossa descendência.

– Os deuses lhe deram seis crianças. O nascimento talvez nos poupe da culpa.

– Talvez – respondeu Celeste. – Eles se apaixonam por nós, apenas isso.

– Se não pretendo revelar a maldição, prefiro não prosseguir com o relacionamento.

– E isso a fez mais feliz do que a mim?

Huna não sabia ao certo o que dizer.

– Todos os homens morrerão um dia.

– Todos morrerão um dia – Huna repetiu o mantra das fadas e voltou o olhar para o acampamento montado na planície.

– Como você pretende terminar seus dias? Morgana tem a você. E a quem você terá?

– Filhos não são apenas para os nossos dias derradeiros, Celeste.

Dois lanceiros magros, altos, de olhos azuis e vestidos com cotas prateadas riam de um caso qualquer fora da tenda. Perceberam que eram observados e acenaram para as fadas. Eram filhos de Celeste.

– Lógico. São também para nossa defesa, para defesa de nosso reino, para a perpetuação de nossas tradições... – Antes que terminasse de falar, Huna foi interrompida pela amiga.

– O nascimento de uma criança nos redime de muita culpa. Você tem razão. Você sempre é a mais sábia de nós. Seus meninos já se tornaram homens. Como o tempo passa rápido.

Huna contemplou novamente os rapazes. Celeste caminhou até o centro da espaçosa tenda e olhou para o baú com os mantos, cotas semiacabadas e luvas.

Ambas sabiam que não estavam ali apenas por serem as melhores costureiras do reino. Elas eram mulheres encantadas, tinham a Visão das fadas e conheciam muitos dos artifícios mágicos utilizados pelos aliados de seus inimigos: os gnomos. Elas eram consideradas também curandeiras, tratavam os feridos de guerra.

Das duas, Huna contava uma habilidade a mais: era também uma guerreira. Ela manejava a espada com destreza, embora nunca tivesse participado oficialmente das fileiras com os soldados.

Elas foram escolhidas por tais motivos, porém cada uma possuía um interesse particular. Celeste queria ficar próxima de seus dois filhos. Huna estava quase cedendo às investidas amorosas de Hajnal, o comandante do exército de Enigma.

– Ele sabe sobre a maldição.

Celeste levantou uma sobrancelha ao escutar a revelação.

– Eu sabia que você ocultava algo de mim – riu. – A única vez que você revelou nossa trágica sina a alguém foi há muitos e muitos anos, ao Vicente, não foi?

Como se tivessem voltado aos seus dezesseis anos de idade, as monarcas riram.

– Bom, pelo menos que eu saiba, foi somente a ele – Celeste se divertia. Deixar um homem saber a verdade sobre o passado de uma mulher encantada significava que ela estava apaixonada. – Como Hajnal reagiu à notícia?

– Como qualquer homem reage. As pessoas não costumam acreditar em maldições, Celeste.

– O verdadeiro amor é um cego solitário, atravessando um pântano cheio de perigos traiçoeiros.

A comparação não pareceu animar a amiga; então Celeste prosseguiu:

– Isso é um bom sinal. Finalmente, acredito que você tenha esquecido o Vicente.

Huna sorriu, mas não convenceu sua amiga. Seus modos entregaram os segredos de seu coração.

Súbito, um guerreiro de dois metros de altura adentrou a tenda. As mulheres demonstraram surpresa. Era Hajnal.

Com olhar gentil e arrebatador, ele encarou Huna com tanta afeição, que até mesmo Celeste sentiu um tremor percorrer-lhe o corpo.

Não era apenas o gigantesco porte físico ou a força e determinação expressas nas feições de Hajnal que o fizeram chegar ao cargo máximo no exército de Enigma. Ele possuía um carisma inigualável, daqueles que muda o ambiente mais atormentador, fazendo com que todos ao seu redor se sintam seguros e confortáveis.

Seus olhos, de uma profundidade negra abissal, combinavam com o tom escuro de sua pele. Sua presença irradiava alegria, mesmo com uma voz acentuadamente grave e obtusa. Um homem de poucas palavras, mas palavras que penetravam a alma de seus ouvintes.

– É bom que vocês duas estejam conosco.

A cordialidade não foi suficiente para deter Celeste, que se moveu ligeira em direção à saída. A monarca de cabelos loiros e cintilantes olhos azuis fez um cumprimento com a cabeça e, declinando suavemente o corpo, deixou o recinto.

– A guerra não é um lugar para mulheres.

Com amorosa suspeita, Hajnal encarou Huna ao ouvir seu pronunciamento. Estavam a sós.

– Não para todas, eu concordo – respondeu o guerreiro. – Assim como não é lugar para todos os homens.

Huna assentiu, virando-se para o comandante.

– Quais as últimas notícias?

A fada tentou iniciar uma conversa sobre aqueles tempos sombrios, antes que ele se inclinasse a seduzi-la como das outras vezes. A pergunta da fada o desarmou.

– Se sobrevivemos à batalha no Vale dos Fossos Famintos, sobreviveremos também a esta. E venceremos.

– A vitória. Eis algo relativo.

Hajnal amava ouvir a fada falar daquela maneira e, muitas vezes, contrariá-lo.

– Eu não penso que seja relativo.

– O que para muitos parece o fim, para outros é apenas uma etapa encerrada.

– O exército de Ignor sofreu uma derrocada sem precedentes.

– E mesmo assim eles vêm de encontro a nós.

– São poucos, por isso sei que venceremos.

Huna desistiu de contradizê-lo e passou a questioná-lo.

– Vocês não precisavam de uma monarca aqui para saberem disso. Você tem razão, Hajnal, a vitória é certa, ainda assim pode ser relativa.

O sorriso do comandante se abriu, deixando-a falar.

– Por isso dispensaram metade dos guerreiros?

– Eu precisava dar descanso a meus homens, Huna. Guerras vencidas se traduzem como oportunidades.

– Como quais, por exemplo? Encherem o acampamento de mulheres?

– Tenha certeza de que você está segura aqui comigo.

– Eu sempre estou segura, Hajnal. Eu sei como manejar bem uma espada, uma lança e um escudo.

– Huna, a monarca – ele pensou para falar. – Sim, você sabe se cuidar muito bem. Mas sua presença diz respeito também à oportunidade que estou lhe dando de assistir à vitória do exército de seu amado.

Ele conseguira entrar no assunto que ela evitava.

– Com uma guerra vencida, um comandante é capaz de fortalecer o caráter de seus soldados, forjar o espírito de liderança de alguns de seus homens, testar táticas antes não utilizadas...

– De fato, temos poucos feridos até o momento e muitos homens empoderados. A bravura se estampa na face de seus guerreiros. É algo notável, quando caminhamos pelo acampamento. Parabéns, Hajnal.

– A fonte disso tudo vem do coração da mulher que eu amo. Eu não seria movido a estar onde estou, se não fosse para mostrar minha força a você, Huna.

– Já conversamos sobre isso.

– Não conversamos o suficiente para que eu me faça entendido.

– Confesso que não tenho mais desculpas para lhe dar.

– Eu nunca acreditei em nenhuma delas.

– Nossa rainha precisa de um comandante como você. Enigma precisa de você, Hajnal. Não podemos ficar juntos.

– Trata-se apenas de quem eu preciso.

– Nascemos com um propósito. Você não deveria se entregar precocemente à morte antes de cumpri-lo.

– Talvez meu propósito seja morrer de amor por você.

– É difícil conversar com seriedade quando você fala dessa maneira.

– Como eu deveria falar, então? Mentir? Aconteça o que acontecer, eu não deixarei o medo traçar meu destino.

Como um cadafalso que determina a execução de condenados, o silêncio sentenciou a resposta da fada. O guerreiro à sua frente percebeu.

– Huna, eu te amo.

Hajnal se aproximou e abraçou-a com ternura.

– Eu não acredito na força do destino, porque o amor é mais forte do que ele. O amor é mais forte que a própria morte. Uma noite com você em meus braços valeria toda a minha existência neste mundo. Teria valido a pena viver, ainda que em brevidade.

Pela primeira vez, aqueles pares de olhos negros se perderam por segundos num olhar de consentimento velado e recíproco.

O comandante do exército de Enigma, embora estranhando, compreendeu que algo nos sentimentos da mulher à sua frente mudara.

Ela não desviou o olhar, ela não o olhou com reprovação, ela não se desvencilhou de seus braços como tantas outras vezes.

Chegara a hora de romper com o passado e também romper com o sentimento de culpa pela morte de um homem capaz de amá-la. Huna, que assistira a tantas mulheres encantadas se entregarem a uma paixão, e por fim terminarem sozinhas, solitárias, decidiu que precisava se libertar da prisão da culpa. Solitária ou não, ela se arriscaria com Hajnal.

– Às vezes, pode ser que um minuto valha mais que toda uma vida – disse o guerreiro antes de beijá-la.

No calor do abraço, Hajnal percebeu o desejo arder no coração da fada. Estava certo de que, desta vez, ela não o deixaria.

Os poucos segundos pareceram uma eternidade.

Huna sentiu o amor inundar seu coração. Um amor que ela nunca experimentara antes. Deixou que os pensamentos sobre a maldição se dissipassem de sua mente. Ela precisava desfrutar o abraço, o beijo apaixonado, verdadeiro e sincero de Hajnal. Então, pela primeira vez, ela se permitiu corresponder àquele tipo de amor.

No entanto, o momento, ainda que eternizado em sua mente, não durou o suficiente. O casal sentiu a presença de alguém os observando.

O comandante se afastou delicadamente da fada, ainda segurando o queixo dela com doçura, e olhou para a entrada da tenda. Não se sentiu constrangido, afinal, representava a autoridade máxima naquele lugar. Em teoria, poderia fazer o que bem entendesse. Notou a presença de um de seus homens.

A pele de búfalo que servia para fechar a entrada da tenda sacolejava levada pelo vento forte da planície. Ali, o contorno de um robusto soldado fez com que Huna sentisse certo incômodo.

Ela se assustou ao reconhecer detalhes das feições do observador.

– Desculpe-me, comandante. Eu retornarei em momento oportuno.

Intencionando retirar-se, o soldado foi impedido por uma ordem.

– Espere, Bátor.

O corpo inteiro de Huna se congelou ao ouvir aquele nome. Ela manteve o olhar fixo em Bátor, quando sua identidade foi confirmada.

De fato, era ele. Não se parecia nada com o garoto magrelo, medroso, com quem ela crescera na capital, mas era ele, agora um homem.

Mais baixo que Hajnal, embora com o mesmo semblante bélico, audacioso e destemido. Bátor, agora encorpado, usava uma barba cheia e lisa, e tinha um olhar firme e uma voz potente.

– Quero aproveitar a ocasião para lhe apresentar Huna.

A fada ficou sem saber o que dizer. Via-se atônita, insegura. Passara a vida evitando a capital para não se encontrar com Bátor, e o destino lhe providenciara um momento constrangedor como aquele.

– Senhor...

Antes que o soldado revelasse que já se conheciam, Hajnal, envolvido pelos laços de sua paixão, precipitou-se, interrompendo-o.

– Nós nos casaremos esta noite no acampamento.

Huna deveria se sentir a mulher mais feliz do mundo diante da declaração feita por seu amado, mas uma confusão dominou seus sentimentos.

Bátor abriu um sorriso encenado, enquanto ouvia o comandante falar da alegria que sentia.

– Talvez esta tenha sido a maior batalha de toda a minha vida: conquistar o coração desta mulher, um mundo de enigmas e encantamentos.

Pela primeira vez, Huna não conseguiu ser contagiada pela empolgação e felicidade que a presença de Hajnal produzia. Exatamente quando era para ser o contrário.

Bátor permaneceu sorrindo forçosamente, enquanto o guerreiro de alta estatura finalizava a apresentação.

– Huna, este paladino é Vicente Bátor. Um dos nossos melhores homens. Aquele a quem enviarei à frente da batalha. Nossos inimigos de Ignor tremerão e cairão ao corte de sua lâmina. Exatamente como lhe falei, nada melhor do que uma guerra vencida para testarmos a coragem e a bravura de um homem. É no furor da batalha que se prova o bom combatente, que se forja o caráter de um bom soldado – disse, batendo nas costas de Bátor.

Algumas horas após aquele tresloucado encontro, houve o soar de trombetas em todo o arraial. Uma recepção modesta, com poucas pessoas, porém encantadora, aconteceu. Huna se unia a Hajnal.

Os soldados não participaram do evento. Não tomaram vinho ou mesmo hidromel. Bátor fora convidado, mas preferiu se ausentar. Tinha uma boa desculpa, uma vez que estaria à frente do exército no dia seguinte: deveria concentrar-se na batalha.

Naquela noite, Aurora foi concebida.

No dia seguinte, com o coração apertado, Huna assistiu Bátor comandar a tropa.

Os arqueiros de Ignor usaram todas as artimanhas que possuíam, mas não tiveram sorte. Como um poderoso general, o paladino conduziu o exército à vitória.

E as palavras da monarca nunca soaram tão sábias como no fim da batalha: "a vitória é relativa", pois Bátor, mesmo vencendo, não foi capaz de impedir a morte de seu comandante.

Hajnal insistiu em descer ao *front* de batalha. Ele não se mostrava sóbrio, muito menos usava a razão para decidir seus atos de bravura. Embriagado também pelo amor da fada, ele adentrou o campo de guerra e protagonizou zombarias contra seus inimigos.

As placas de ferro abauladas da cota de malha que vestia, costuradas em fileiras próximas umas das outras, sobre sua jaqueta de couro, garantiam-lhe certa proteção. De dentro da abertura escura superior do elmo, seus olhos irradiavam satisfação e ódio contra seus oponentes. Do buraco inferior, seus enormes dentes brancos se abriam em urros de provocação.

Hajnal cortou a cabeça de inúmeros homens e enterrou a espada no peito de muitos guerreiros inimigos, mas abandonou seu escudo, acreditando que o perigo já não existisse no descampado. Esqueceu-se de que uma batalha vencida não é o mesmo que uma batalha finalizada.

De repente, uma flecha furou-lhe a fronte pela abertura superior do capacete, fazendo-o trincar. Não haveria como sobreviver ao ataque. A investida aparentemente simples, alvejou um guerreiro incauto e descuidado.

Celeste confortou Huna em seus braços, quando de longe viram a queda do guerreiro.

Por causa da morte do comandante, o exército não comemorou a vitória sobre Ignor, e Bátor chorou a morte do amigo mais do que a própria esposa do falecido valente o fez.

A fada e o paladino nunca mais se encontraram desde aquele fatídico e triste episódio.

* * *

— Estamos caminhando há horas! — reclamou o anão albino.

E nesse momento os pensamentos de Huna retornaram ao presente. Ela não soube com exatidão quanto tempo estivera remoendo aquelas lembranças, mas percebeu que tinham avançado consideravelmente no pântano.

O grupo de resgate se mostrava cansado, com exceção de Gail, que mantinha os olhos abertos e uma atenção redobrada a cada passo da jornada.

Um pio de coruja foi ouvido. Dois olhos enormes se abriram no galho de uma árvore e uma brisa sufocante soprou de encontro a eles. Chegavam a uma porção aberta da floresta.

As estrelas ponteavam o céu escuro, e aquela talvez fosse a única coisa bela em toda a terra encharcada e penumbrosa.

De tempo em tempo, Isaac olhava de relance para Gail. Não queria que ela percebesse, mas ele ficou tão preocupado por ela quanto pela vida de Bátor, por isso seguiam próximos a Huna e Aurora, na frente do comboio. Le Goff e Bernie trotavam, e na retaguarda da caravana iam Pedro e Arnie, caminhando lentamente.

Passaram-se mais alguns minutos antes que a fada desse o sinal para que parassem. Todos olhavam adiante para uma região baixa onde novamente a floresta se entroncava e cobria todas as trilhas.

— É ali o local — apontou.

Apenas com a luz do luar iluminando ao longe, foi impossível identificar o salgueiro, a possível existência de um casebre ou mesmo do lago, mas Huna sabia que haviam chegado ao lugar certo.

— O que estamos esperando? — perguntou Gail, aflita.

— Não seja precipitada, querida.

A menina não avançou como pretendia. Olhou para Huna e encontrou prudência em seu olhar.

– Devemos ter cautela redobrada a partir de agora. O lago se encontra no terreno à frente, e próxima a um salgueiro devemos encontrar a cabana para onde Vicente deve ter sido levado.

– Não deveríamos ir todos juntos – sugeriu Isaac.

Huna o encarou. Havia sabedoria naquelas palavras. Se tudo não passasse de uma armadilha, o grupo seria presa fácil.

Antes, porém, que tomassem uma decisão, um grito de horror cortou o silêncio funesto que imperava no pântano. Todos reconheceram a voz tremida de Le Goff e olharam para trás para ver o que sucedera.

Nem mesmo a escuridão foi capaz de velar a sinistra cena que os olhos de todos captaram.

DISCÓRDIA

Somente após o grito de Le Goff, o grupo percebeu que Arnie não estava junto dele.

Não apenas isto. Um cenário assombroso se exibiu. Havia dois *Pedros* assustados olhando para Isaac, Gail, Huna, Bernie e Aurora.

Um dos aqueônios segurava uma tocha. Tirando esse detalhe, seria impossível distingui-los. Então, finalmente eles se olharam e, da mesma maneira como Le Goff fizera, um deles gritou horrorizado.

– Pedro, quem é ele? – perguntou Aurora confusa, sem saber a qual dos dois se dirigir.

– Eu não sei quem é ele – defendeu-se o que segurava o archote.

– O que está acontecendo? – perguntou o outro.

– Arnie? – identificou Le Goff.

– Como vocês ficaram grandes.

– Não! – interveio Huna. – Foi você que diminuiu.

De modo apressado, a fada retirou um espelho de sua bolsa e o entregou a um dos aqueônios.

Ao ver sua imagem refletida, ele se espantou e permaneceu calado, enquanto todos o observavam. Avaliou um pouco mais sua fisionomia. Agora ele possuía dois olhos repuxados, um cabelo preto liso e uma pele alva.

– O que aconteceu comigo?

– Arnie, então é você mesmo – confirmou o albino.

Na forma de aqueônio, o gigante devolveu o espelho a Huna e lançou a cauda para frente, a fim de checar se realmente possuía uma. Emudeceu, observando seu corpo. Puxou a manga comprida de sua blusa e conferiu os braceletes. Ele os encontrou em seus pulsos.

– Eu não sabia que você era um metamorfo! – exclamou Gail.

– Como é? – interveio Isaac.

A garota olhou para o amigo e respondeu:

– Metamorfos são seres capazes de mudar de forma.

– Mas eu não sei como fiz isso, Gail.

A garota estranhou.

– É a união dos Objetos – explicou Huna, chamando a atenção para si. – Quando um Objeto de Poder se aproxima de outro, seus poderes são potencializados. Esta é a única explicação.

– Estamos juntos há horas – observou Le Goff. – Alguém mais notou algo de estranho acontecer por causa de seus Objetos?

Aurora olhou para Pedro, o aqueônio com o archote na mão. Ela recebeu um olhar de cumplicidade, confirmando que era mesmo seu amado. Manteriam em segredo a capacidade dele de ler pensamentos, a menos que Huna achasse por bem revelar.

Gail daria uma resposta satisfatória ao anão alado, preenchendo o silêncio que se fez:

– Pela manhã, pouco antes de chegarmos à cidade de Abbuttata, quando cavalgávamos para Corema, eu fui capaz de criar um pequeno ciclone de areia sem necessariamente mover o Cubo de Random. Eu sequer o toquei.

Isaac se surpreendeu ao ouvir aquilo.

– E você, Isaac... – continuou ela.

Todos os olhares se voltaram para o matemático.

– Você disse que não chegaríamos a Corema. E isso se concretizou. Você previu o futuro, de cima do cavalo, sem ao menos rolar os Dados de Euclides.

Fazia sentido.

Gail retirou seu Objeto do bolso e, para seu espanto, constatou que as cores do cubo tinham desaparecido novamente. Ele voltara a ficar cinza e as bordas de cada pequena peça, prateada. Na superfície de cada parte ressurgiram as enigmáticas inscrições. Provavelmente porque ele se aproximara de outros Objetos.

– Arnie...

Quando todos voltaram seus olhares para o gigante: uma surpresa. Ele já estava em seu tamanho e forma normais. Maravilhada, Gail continuou a falar:

– ...você disse que tem uma força sobrecomum. Seu Objeto está ligado diretamente à estrutura corporal. Você só não sabe ainda como, mas pelo que percebemos, você é capaz de tomar outras formas – ela parou para pensar. – Na verdade, nenhum de nós ainda sabe como lidar com tudo isso.

O albino que se mantinha apenas escutando as teorias e especulações, pediu que o gigante o descesse do cavalo. Já no chão, encarou Pedro.

– Qual mesmo é o poder básico de seu Objeto, garoto?

Todos perceberam um tom desafiador e afrontoso na pergunta do anão.

– Poder básico do meu Objeto? Agora se tornou um estudioso deles...

– Pedro é capaz de comandar as ações de uma pessoa apenas falando – interveio Aurora, percebendo o sarcasmo na voz de seu amado e evitando que uma discussão se iniciasse.

Le Goff desconsiderou o deboche.

– E você faz coisas flutuarem, não é isso? – continuou o albino.

Aurora assentiu.

– Um garoto que prevê o futuro, uma menina que manipula as variáveis atmosféricas... – o anão encarou Pedro novamente.

– O que isso interessa agora? – perguntou Aurora.

– Devem existir regras para essas bizarrices acontecerem.

– Não fale assim do poder que possuímos – protestou o aqueônio.

– Afinal, o que somos, senão seres bizarros? – insistiu Le Goff.

– Talvez VOCÊ seja bizarro! – gritou Aurora.

– Confesso que no descampado da montanha, quando fui salva das garras dos espiões de Ignor, cheguei a pensar que uma nova criatura renascia também em você, albino, assim como foi com seu amigo gigante. – Cansada das afrontas de Le Goff, Huna trouxe à sua memória o ocorrido na Cordilheira Imperial.

– Eu não preciso nascer de novo – zombou o alado.

– Talvez tenha nascido como merece. Ou acha que não percebemos que não possui asas? – declarou Pedro, ofensivamente.

A afronta do aqueônio manteve Le Goff calado, mas também constrangeu os demais.

Buscando desviar o assunto que gerara a contenda, Gail retomou a conversa sobre as alterações físicas do gigante.

– Quando metamorfos desejam muito se tornarem outro ser, seus corpos se adaptam ao que querem ser. É algo ligado à mente.

– Não à mente, minha doce menina, mas ao coração – corrigiu Huna, voltando-se em seguida para o colosso. – É comum nos tornarmos semelhantes àqueles pelos quais nos deixamos cercar. Adquirimos os hábitos, as manias e até mesmo o jeito de falar daqueles com os quais passamos mais tempo. Os metamorfos conseguem levar isso ao extremo para toda a estrutura corporal num curto espaço de tempo, Arnie.

Sem graça, Pedro desviou o olhar para o breu.

A raiva que começava a crescer no coração de Le Goff aumentou ao ouvir a explicação da fada. "Arnie jamais desejaria se parecer com um ser semelhante a um macaco", pensou.

– Bela teoria, mas não quer dizer que seja verdadeira. Arnie não passou tanto tempo assim com o rabudo – protestou Le Goff.

– Você não devia falar assim de Pedro – gritou Aurora, indignada.

A maneira como Le Goff confrontara a situação, desde que descera do cavalo, não era bem vista pelo grupo e justificava para alguns o modo grosseiro como fora tratado pelo aqueônio.

Pedro desejou de todo o coração dar ordens a Le Goff e vê-lo protagonizar alguma cena ridícula na frente de todos. Contudo, olhou com temor para Huna e decidiu se preservar, evitando usar o poder da Pena de Emilly.

Bernie mostrava-se atônito com a postura e as palavras do irmão anão, mas também se manteve em silêncio.

As coisas não pareciam funcionar desde que todos se reuniram. E no meio da confusão que se iniciou, Pedro Theodor conseguiu fitar os olhos de Le Goff e ler seus pensamentos. E ele se satisfez com o que descobriu.

"Ele está com ciúmes, porque o gigante ficou igual a mim e não a ele."

Aquela informação transformou em triunfo a raiva no coração do aqueônio.

– Nós estamos aqui para salvar uma vida, não é? – perguntou Le Goff, tentando, tardiamente, demonstrar maturidade, mas sua falsa preocupação em relação ao paladino não foi crível. Nem mesmo Gail pareceu se comover.

– Se ele está por perto, eu irei ao passado, voltarei minutos atrás no tempo e saberei o que ocorreu por aqui.

Huna balançou a cabeça negativamente, desaprovando a tentativa de Le Goff de parecer prestativo, depois dos desafetos que angariara e desaforos que distribuíra.

Isaac, Gail e Bernie ficaram pouco estimulados com a ideia do albino. Aurora fervilhava de raiva, enquanto Pedro e Arnie apenas sentiam pena das atitudes imaturas do alado.

Ficaram aguardando, e nada. Le Goff não dizia o que vira em sua visita ao passado.

Todos o encaravam à luz das tochas, à espera de novidades. As chamas dos archotes tremulavam ao vento, clareando seus rostos, e um silêncio estranho, aflitivo, tomou conta do ambiente.

– Fale, Le. O que você viu por lá? – perguntou Arnie.

O anão olhou para seu amigo, mas não respondeu.

O silêncio começou a se tornar constrangedor.

– Você não está conseguindo fazer a viagem – deduziu Huna.

Le Goff lançou um olhar rançoso para a fada, confirmando o que ela dissera.

– Talvez você tenha acertado: existem regras que movem o poder dos Objetos – sentenciou a monarca; desta vez, com certa ironia.

Poucas vezes Aurora ouvira sua mãe tratar alguém daquela maneira, e ela sabia o motivo: não bastasse ter que lidar com o sequestro de Vicente Bátor, ainda precisava aturar aquele infeliz anão exalando soberba e ingratidão.

Le Goff olhou para o Pergaminho do Mar Morto em suas mãos e percebeu que um novo texto se encontrava nele. Ignorou. Fervilhava de ódio por terem insultado seu nascimento. Usaria o que fosse preciso para se vingar.

– Fiz algumas viagens ao passado, fada. Talvez eu não possa fazê-las com certa frequência, você está certa. Talvez haja um tempo necessário para que uma e outra possam ocorrer...

– Talvez a negligência, a altivez, o sentimento de vingança, o ódio, coisas desse tipo, sejam capazes de impedir um Objeto de operar como deveria. Talvez. Apenas talvez... são teorias – replicou Huna, deixando o anão ainda mais furioso. – Ou talvez você esteja certo, andou fazendo viagens enquanto descansava no lombo de minha montaria. Espero que tenham sido viagens proveitosas, úteis...

Pedro também não conseguiu reconhecer a mãe de Aurora naquelas afrontas perpetradas contra Le Goff. Havia acidez e certo rancor nunca antes vistos em suas palavras.

Um brilho dissoluto nos olhos do albino pareceu flamejar na escuridão.

– Eu a vi com Vicente debaixo do salgueiro.

A negra pele da linda face de Huna pareceu ficar lívida ao luar.

Ela buscou não demonstrar preocupação com o que o anão revelaria sobre seu passado.

Huna se perguntou o motivo pelo qual seis possuidores dos Objetos deveriam se encontrar naquele pântano. Não se tratava apenas do resgate do paladino. Ela acreditava que nada acontecia ao acaso. E ela mesma teve uma resposta: eles precisam aprender sobre o que é ter poder.

Huna sentiu uma emanação medonha, enervante, fantasmagórica e febril se aproximar dos integrantes do grupo de resgate. Sutil como a poeira que, dia após dia, sem ser percebida, deixa por fim a mobília de sua casa toda suja, cheia de teias de aranha. Uma força estranha, sem aviso, começava a dominar seus corações. Um mal sorrateiro.

– Vicente sempre foi e sempre será o verdadeiro amor de sua vida, não é? Mas, como lidar com isso agora?

A audácia de Le Goff acertou a monarca como um tiro de misericórdia. Huna, porém, caiu em si. O que estivera fazendo nas últimas horas durante a busca por Bátor? Aquelas lembranças da guerra, de Hajnal, sensibilizaram-na a tal ponto que as emoções provocadas em sua alma a tornaram imprudente, fazendo-a abrir mão da sabedoria no tratamento com o anão.

Como se deixara levar em uma discussão como aquela? Estava tudo errado. Ela não deveria dar atenção para as mazelas e criancices de Le Goff.

Nem mesmo odiá-lo ou dar-lhe uma lição moral. Ela sabia que a melhor resposta para o proceder de incautos e néscios como ele era o silêncio.

Le Goff vomitava suposições, enquanto Huna se compunha da opressão pela qual se deixara dominar.

– O que você espera falar para Gail sobre o que sente em relação ao pai dela? O que pretende dizer a ele, quando o encontrar? Não existe mais maldição sobre sua vida agora, mas existem empecilhos em seu caminho amoroso.

Aurora moveu as mãos com intuito de lançar Le Goff o mais longe que pudesse. Huna a impediu, ao perceber o que ocorreria.

Gail ficara boquiaberta com aquelas revelações, não conseguia raciocinar. Arnie pensou em tapar a boca de Le Goff e retirá-lo dali. O gigante o levaria para um canto da floresta e teria uma séria conversa com ele. Pedro e Bernie sentiam-se envergonhados perante Huna.

– Parem!

O grito de Isaac imobilizou todas as intenções e revides gerados na mente dos possuidores dos Objetos.

– Vocês não percebem? Estamos nos desviando do propósito que nos trouxe aqui. – O aviso de Isaac Samus para o grupo despertou esperança no coração de Huna. Ela não fora a única a perceber o que ocorria. – Estamos juntos porque precisamos resgatar Bátor. Precisamos permanecer unidos, se quisermos sobreviver e salvá-lo.

Isaac ficou confuso ao dizer aquilo. Nunca fez parte de seus discursos a moralidade, e por mais que ela pudesse soar chata e ultrapassada para garotos de sua idade, ele percebeu que era, muitas vezes, necessária. Como quando Bátor o confrontou na porta da "Pousada Arqueiro", ou no aqueduto ao encontrarem pela primeira vez os alados e agora, naquele instante insano de discussão no pântano.

– Vejam! Cada um possui um objeto poderoso, eu possuí um e sei como é. A verdade é que não o possuo mais e preciso avisá-los: não deixem que esses artefatos os conduzam para as trevas. Porque, do jeito como estamos indo, é isso que acontecerá.

Ao ouvir o matemático, arrependimento e decepção revestiram a face de cada um. Até mesmo Le Goff demonstrava-se pesaroso por tudo o que protagonizara. Envergonhado.

– No que estamos nos transformando? E se o poder dos Objetos estiver apenas trazendo para fora o que já somos por dentro? Por favor, chegou o momento de mudarmos. Eu acredito que é isso que a fada quis dizer com nascer de novo. Ela não estava ofendendo ninguém, apenas nos alertando que, muitas vezes, não podemos seguir sendo aquilo que sempre somos – ele encarou o albino.

Arnie percebeu que os olhos de Le Goff estavam vermelhos. Os lábios do anão tremiam, querendo dizer alguma coisa. E o gigante sabia o que era. Seu pequeno amigo desejava se desculpar, mas não encontrava forças para fazê-lo. Caíra em si e sentia-se demasiadamente envergonhado.

– Tenho certeza de que Le está arrependido por tudo o que falou minutos atrás. Com certeza, todos nós estamos arrependidos pela postura ofensiva que tivemos um para com o outro, ou pela negligência em não impedirmos que as coisas chegassem até o ponto em que chegaram – disse Arnie.

O gigante avançou, aproximando-se do anão albino. Pedro compreendeu tal movimento. Arnie defendia o amigo, que errara com tanta severidade em relação ao grupo. Arnie se incluíra no erro, mesmo sendo um dos poucos a não proferir ofensas.

– A verdade é que não estávamos preparados para este encontro – lamentou-se Isaac. – Não aqui, desta maneira. Deveríamos nos encontrar com a rainha Owl. Todos nós. Há quanto tempo esperamos por isso? Ela saberia como lidar conosco.

Pedro confortou Aurora em seus braços. Isaac observou e desejou fazer o mesmo, mas não achou adequado, pois ele se tornara o centro das atenções naquele momento.

– O destino mudou nossos planos. Devem ser as senhoras do pântano. Elas estão tecendo nosso futuro – desabafou Aurora, como se precisasse explicar tudo de maneira simples e cômoda.

– Não se iluda com o destino, minha filha. Todas as coisas contribuem, conjuntamente, para o bem daqueles que buscam a sabedoria e o conhecimento. As senhoras do pântano são uma invenção de Hastur. Tudo o que ele faz é para nos confundir. Não podemos nos entregar à crendice de que elas determinam quem perde ou ganha. Isso é no que Hastur quer que acreditemos, mas não é ele quem comanda nossas vidas, não são as senhoras do pântano que determinam nosso destino. Se pensarmos assim, desde já, nossas lutas estarão fracassadas – encorajou Huna.

Pedro voltou a reconhecer a velha sacerdotisa naquelas palavras.

– Desculpe-me por afrontá-lo com tanta indelicadeza, anão.

Le Goff ficou estarrecido ao escutar a fada lhe pedir desculpas. Ele sabia que tinha sido desonesto e cruel com ela. Sua boca ficou se remexendo até que conseguiu coragem para falar. Arnie, literalmente, lhe deu um empurrãozinho.

– Eu é que preciso me desculpar... com todos! Me desculpem. Apenas me desculpem! Eu não sei o que me levou àquilo. Eu causei muito desconforto a todos e, no final, a mim mesmo.

– Leia para nós o que diz o pergaminho – disse a monarca.

Le Goff sentiu-se confuso. Como uma pessoa que acabara de ser rispidamente ofendida e insultada, exposta diante de um grupo, era capaz de prosseguir com tanta naturalidade e amabilidade? Investigou o olhar de Huna e não encontrou rancor, sarcasmo ou deboche, apenas encorajamento.

– Vamos! Precisamos recuperar o tempo perdido.

O anão fixou os olhos no pergaminho e começou a ler:

> *"Os possuidores dos Objetos de Poder perceberam que novas habilidades surgiam, quando um Objeto se encontrava próximo de outro, mas ainda não conseguiam discernir como aquilo funcionava.*

Ao ser solicitado, Arnie desceu o albino do cavalo de Huna. O anão começou a inquirir cada um sobre o poder que possuíam, denominando-os de seres bizarros. Isso foi considerado como ofensa por boa parte deles.

Com a discussão iniciada, a atenção para o que realmente importava se perdeu: a segurança do grupo.

Goblins se aproximaram, sem que pudessem ser percebidos."

Le Goff interrompeu a leitura, porque sentiu um calafrio. Olhou ao redor, mas não conseguiu enxergar quase nada devido à escuridão. Olhou para seus companheiros e, só então, se deu conta de que estavam distraídos em relação à leitura. Repetiu em alta voz a última frase:

"Goblins *se aproximaram, sem que pudessem ser percebidos."*

Todos olharam para o anão e depois ao redor. Não ouviram nada, não conseguiram ver nenhum movimento estranho ou sorrateiro ao derredor.

"Huna explicou como metamorfos se transformam, mas foi rechaçada por Le Goff, que se prontificou a investigar o passado recente em busca de pistas úteis para salvar a vida do paladino.

Mas, nova discussão veio à tona, assim que a fada percebeu a incapacidade do voador em prosseguir com sua viagem no tempo.

Quando Le Goff ressuscitou o passado da monarca, atacando-a, já era tarde demais. Encontravam-se cercados pelos seres das trevas e não sabiam..."

Outra parada na leitura. O coração de Le Goff batia descompassado. Ele viu que faltava pouco para o texto acabar. Mais duas ou três linhas no pergaminho, e a linha temporal do passado se esbarraria com os fatos do presente. E se aquilo que estava escrito fosse verdade – e Le Goff acreditava ser verdade –, então...

Um clarão enorme se acendeu no céu. Com o raciocínio tão veloz quanto sua atitude, Gail girou algumas peças de seu cubo e provocou a claridade momentânea.

O susto foi geral, pois a luz intensa, embora rápida, fez com que o grupo de resgate pudesse ver dezenas de *goblins* monstruosos, relapsamente escondidos nas folhas, ao redor deles, aguardando para atacá-los.

O grupo não teve tempo de se lamentar pelas distrações. A desunião e a falta de foco os colocaram em grande perigo.

O ESCONDERIJO DOS *GOBLINS*

Isaac sentiu algo passar zunindo próximo de seu ouvido esquerdo.

– Abaixem-se! – gritou Huna – Eles estão armados com zarabatanas.

Os projéteis venenosos lançados pelos *goblins* zuniam pelos ares, enquanto os integrantes do grupo corriam, tentando se desviar.

Bernie não ousou alçar voo, pois seria um alvo fácil. Como bons anões alados, ele e Le Goff se esgueiraram pela mata rasteira e desapareceram num piscar de olhos.

Gail provocou outra forte luminosidade com o poder do cubo e pôde enxergar os olhos negros bestiais dos *goblins,* que lhe pareceram espelhos sombrios de tão reflexivos.

Assustadores e feios, alguns tinham línguas compridas que lhes saíam da boca como se fossem cobras ávidas por uma presa. Eram magros, pequenos, com orelhas pontudas enormes e pés igualmente grandes. A pele esverdeada contrastava com as vestes desbotadas e roxas. Usavam gorros e portavam armas: bestas, machados e zarabatanas.

– Arnie!

Pedro foi o único que se lembrou do gigante, preocupado com o tamanho do colosso.

Por mais que Arnie tentasse se encolher ou se abaixar na grama escura, sua altura o entregava como um alvo fácil às criaturas inimigas. O gigante não largou o archote, o que piorou a situação.

– Transforme-se, Arnie! – gritou Pedro.

Então, imediatamente o aqueônio viu o gigante tornar-se outra vez como ele.

Huna olhou imediatamente para a filha, que moveu as mãos e provocou uma onda de força, paralisando os dardos no ar. Mesmo na escuridão, com seu poder, Aurora conseguiu fazer os projéteis retornarem para o local de onde tinham vindo.

Isaac gritou para Gail abrir o campo de visão do grupo. Apenas com o olhar, a menina conseguiu mudar a direção e força do vento, abrindo a folhagem à frente e expondo os *goblins,* que se mantinham escondidos. Outra explosão de luz foi lançada e os seres das trevas se inquietaram ainda mais.

Arnie deu um salto veloz e lançou cinco deles para os lados. Descobriu que, mesmo na forma de um aqueônio, ele mantinha sua superforça.

O grito dos *goblins* caindo soou estranho, ecoando como se viesse do alto de uma montanha.

– Ouviram isso? – estranhou Isaac.

Huna percebeu que havia algo de errado naquele lugar. E pediu que ninguém se mexesse.

Aurora obedeceu. E, sem que precisasse sair do lugar, esticou os braços novamente e fez alguns *goblins* voarem pelos ares. Suas armas caíam e eles tombavam feito loucos, enraivecidos.

De novo, os gritos desesperados dos derrotados pareceram ecoar pela planície do pântano como se algo os fizesse reverberar.

O resto dos atacantes que permaneceram no solo corria em fuga e estranhamente desaparecia. Suas sombras ao luar denunciavam a direção que tomavam ao sumirem repentinamente.

Quando o som da peleja cessou, uma voz conhecida se ouviu.

– Socorro!

O colosso identificou imediatamente o timbre da voz de seu amigo.

– Le, onde você está?

– Aqui! Socorro!

Bernie alçou voo, mas não avistou seu irmão. Logo à frente do grupo uma região extremamente obscura desenhava-se no solo do pântano. Todos pensavam ser o lago.

– Devagar – orientou Huna.

Com cuidado, Arnie avançou na direção de onde viera o grito de socorro de seu amigo.

Encorajados, os demais também caminharam lentamente, pé ante pé.

– Socorro! – o grito continuava.

Isaac pediu a Gail que iluminasse novamente o ambiente. O susto foi geral.

Eles se achavam à beira de um profundo precipício. Um passo a mais, e todos seriam levados pela voragem mortal do abismo.

Engoliram um soluço inaudível e sufocante. Estava explicado por que os gritos agonizantes dos *goblins* ao caírem reverberavam tanto.

Le Goff pendia logo abaixo da boca da depressão, agarrando-se às raízes secas que saíam das paredes do gigantesco buraco.

Bernie não conseguiu voar a tempo de salvá-lo. Nem Aurora foi rápida o bastante para fazê-lo flutuar.

Quando as raízes quebraram nas mãos do albino, o que pareceu salvá-lo foi o bater intermitente de suas irregulares e diminutas asas, que lhe saltaram do tecido de sua camisa. Não pareceu propriamente um voo. Foi como se ele tivesse apenas recebido um empurrãozinho, mas o suficiente para que alcançasse as raízes acima e subisse a borda da depressão.

Confuso, porém aliviado, o grupo assistiu ao anão surgir da beirada do buraco. Le Goff só não estava mais branco porque sua cor não lhe permitia.

– Por Mou! Foi por pouco, foi por pouco, foi por pouco... – não parava de repetir. – Eu quase morri, eu qua morri... eu quase morri.

Olhou para Huna, depois para Arnie.

– Eu pensei que morreria. Eu pensei que morreria.

Isaac, Gail, Aurora e Pedro notaram, mesmo no escuro, a tremedeira dos pequenos apêndices de voo do anão.

Estavam todos assustados.

– Então, aquilo eram *goblins*?

– Sim, Isaac – respondeu Huna.

– Armaram para que caíssemos no abismo. Ainda bem que você interrompeu a discussão a tempo – lembrou-se Bernie.

Le Goff ainda se recuperava do susto.

– Huna, você sabia da existência desse buraco no pântano? – perguntou Gail.

– Esse buraco... é onde deveria estar o lago, minha querida – a monarca pareceu entrar em um devaneio. – Então, foi isso o que aconteceu...

A última imagem que ela guardava daquele lugar era das águas revoltas se remexendo à forte ventania, um ciclone provocando enormes arroubos e um turbilhão arrastando toda a superfície do lago para as profundezas, enquanto os corpos de afogados eram trazidos à tona.

– Os *goblins* fugiram naquela direção – apontou Arnie.

– Pelas sombras, eu os vi desaparecerem repentinamente – completou Aurora.

Com cautela redobrada, o grupo seguiu na direção indicada pelo gigante, atentos ao caminho que era iluminado pelas tochas.

– Não podemos vacilar mais. Há perigo em cada canto deste pântano – advertiu Bernie.

O grupo passou a caminhar com cautela redobrada. Huna aproveitou que todos seguiam o colosso e tocou o ombro de Aurora, fazendo-a parar.

A monarca retirou um livro de sua bolsa e o entregou à filha.

– Tome. Ele é seu.

A pequena fada não viu necessidade naquilo.

– Por que está me dando seu grimório, mamãe?

Huna sorriu.

– Além de monarca, sou também sua mãe. Eu conheço seu coração, Aurora. E as respostas que você deseja encontram-se neste livro. Nada mais justo do que dá-lo a você.

Pedro assistiu à sua amada, ainda confusa, guardar o livro na bolsa. Ele não estava certo se Aurora compreendera o que ocorria. Sabia que a mãe preparava a filha para, um dia, se tornar também uma monarca.

Quando Huna retornou para a frente do grupo, batendo a ponta inferior do cajado na terra, sentiu a depressão do terreno. Ordenou que continuassem andando. Outra evidência de que desciam foi o desaparecimento da claridade promovida pelo luar no pântano. A escuridão ficou mais densa, então notaram que iam por um caminho descendente, com uns cinco metros de largura, forjado nas paredes da cratera.

– A cabana. A casa que ficava à beira do lago...

Antes que Huna terminasse de falar, Gail concluiu:

– ... ela era apenas uma abertura para o submundo. A entrada para o esconderijo que os *goblins* construíram próximo à capital de Enigma.

Huna já havia percebido a perspicácia e inteligência da menina. E gostou de ver como também era destemida, pois Gail falou aquilo sem demonstrar medo em seu tom de voz.

À esquerda deles ficava a borda do abismo circular. O vento soprava intenso. Não enxergavam além, mas sabiam que o buraco era ali, em seu silêncio e cheio de perigos.

Gail iluminou a cratera para que pudessem ver a profundidade; ficaram espantados. Certamente, Le Goff morreria se tivesse caído.

Percorriam um caminho em espiral. Na porção superior da garganta, trepadeiras pendiam majestosas, ponteando as reentranças rochosas verticais; enquanto fungos, cogumelos e guano predominavam nas porções mais fundas. O cheiro se tornava sufocante a cada passo.

Terminada a descida, chegaram ao hipogeu da fenda onde havia um único pórtico na parte plana circular. Colunas verticais sustentavam um arco trabalhado com entalhes enigmáticos.

Imagens de pessoas em situações diferentes, entre a riqueza e a pobreza, com demônios e anjos sussurrando coisas em seus ouvidos, viam-se esculpidas ou desenhadas na construção do pórtico. O arco superior, embora descontinuado nas laterais, parecia ressurgir na base, como se fossem partes de um mesmo círculo onde a construção da passagem fora circunscrita. Sequências de letras e números também estampava a cena.

Gail ameaçou avançar pelo do portal, precisava encontrar seu pai.

– Não entre, doce menina – orientou Huna.

Os olhos azuis da filha de Bátor a encararam com desespero.

– Esta não é uma passagem comum – a fada apontou para os desenhos na arcada. – *Goblins* usam magia para proteger seus esconderijos.

Isaac investigava com acurácia as inscrições. Arnie e Bernie se preocupavam em proteger o grupo do surgimento repentino de inimigos. Os demais escutavam Huna.

– Vamos encontrar Vicente e salvá-lo, querida. Mais forte é o que nos protege do que o que acompanha nossos inimigos, lembre-se sempre disso – incentivou a monarca. – Gail, eu não conheci Lilibeth, minha nona avó, mas, pelos relatos, acredito que você se pareça com ela.

Isaac achou aquilo a coisa mais encorajadora que já ouvira alguém dizer a uma pessoa em um momento desesperador. Ele teve certeza de que aquelas palavras fortaleceram o coração de Gail, pois criaram uma conexão profunda entre ela e a fada.

– Lilibeth tinha cabelos loiros e olhos azuis como os seus, era linda. Do ventre dela nasceu Serena, igualmente alva como a neve. Raick, um comerciante da cidade de Dariel, se apaixonou por Serena. Ele tinha a pele preta como o carvão e deu à fada um casal de crianças lindas, que se pareciam com ele. Os meninos de Serena retornaram para o norte e iniciaram uma nova tradição entre o povo encantado.

Aurora percebeu melancolia no tom de voz de sua mãe. Mesmo conhecendo bem toda a história de seu povo, a possuidora do Manto de Lilibeth se emocionou ao ouvir Huna narrando, de forma lacônica, a história de sua descendência.

– Pertencemos a diferentes povos de Enigma, mas a verdade é que todos nós viemos de um mesmo lugar. A despeito de nossas peculiaridades, fomos criados por Moudrost e é por ele que lutaremos contra o império das trevas em nosso reino. Não se aflija, minha doce garota.

Huna adentrou o pórtico e retornou em seguida. Em seu olhar, uma nova determinação. Ela sabia que a partir dali, de fato, a batalha pelo resgate de Bátor começaria.

– Como falei, eles usaram de engenhosa magia para impedir a entrada de invasores. Depois da porta há um pequeno recinto que se abre para três outros pórticos. Estamos na entrada de um labirinto.

De longe, Arnie achou curioso o que escutava.

– Precisamos nos dividir em dois grupos. Um deles fica aqui – ordenou Le Goff.

– E faz o quê, caso o outro grupo se perca? – questionou Aurora, mas foi ignorada.

O albino continuou falando como se fosse o responsável por tomar as decisões naquele momento:

– Isaac, Gail, Bernie e eu entramos. Ah, Huna! Acho que você também seria importante lá dentro.

Pedro se sentiu aliviado, pois pensara que o albino falaria novamente sobre o passado da fada, quando a chamou. Atento a tudo, o aqueônio percebeu que Arnie ficara incomodado com as escolhas feitas pelo anão.

– Baseado em quê, você escolheu quem entra e quem fica? – questionou Aurora.

– Filha, deixe que resolvo isso com o anão.

De longe, Bernie teve a sensação de que uma nova discussão voltaria a ocorrer.

– Vocês experimentaram o horror de um ataque de *goblins*, portanto têm ideia do que nos espera – lembrou Huna. – Eles não brincam em serviço e se utilizam de artimanhas terríveis para nos enganar e nos levar aprisionados.

– Teremos Gail e o poder do Cubo conosco. Bernie consegue voar e Isaac me parece ser um bom líder. E saber liderar já é um grande poder em si – justificou-se finalmente o albino.

Isaac desejou sorrir, mas não o fez, devido à tensão do momento. Ele achava graça e também loucura, muito do que saía da boca do anão.

– E você? O que o habilita a ir com eles? – perguntou Pedro, tentando não ser afrontoso.

Le Goff não olhou para ele, mas respondeu:

– Arnie pode me emprestar os Braceletes de Ischa e serei uma força a mais para defender o grupo.

O instante foi de confusão e silêncio, como se aguardassem um posicionamento do gigante em relação ao exposto.

– Não é você quem decide as coisas por aqui – sentenciou Huna.

– E quem seria, então? – confrontou-a o anão.

– Como você disse, a pessoa que mais se aproxima de um líder: Isaac.

O matemático permaneceu imóvel ao escutar a declaração da monarca. Não lhe parecera engraçado como ao ouvir da boca de Le Goff. Ele sentiu um frio percorrer-lhe a espinha e seus olhos se arregalaram.

– Eu?!

A expressão facial de todos era de anuência. Concordaram através do olhar.

– Eu fui quem menos falou no decorrer de toda a jornada – justificou-se Isaac, como um acusado de crime hediondo diante de um tribunal.

O garoto mostrava-se confuso.

– Liderança não tem a ver com o muito falar, meu jovem. As pessoas seguem quem é capaz de inspirá-las e quase sempre isso ocorre por meio do exemplo, das atitudes.

– Huna está certa, Isaac. E você é o maior amigo de Bátor – completou Bernie. – Eu pude constatar isso no aqueduto.

"Como?"

Isaac quis acreditar no que ouvia, mas aquele instante lhe parecia um sonho estranho.

– Ele gosta muito de você – finalizou o voador.

Le Goff encarou Isaac, esperando que o matemático pudesse validar sua decisão.

Todos o encaravam, o que o fez sentir-se pressionado, sufocado como se uma mão invisível lhe agarrasse o pescoço.

Arnie se sentia frustrado – na verdade triste também – por não ter sido escolhido para compor o time de Le Goff e, no fundo, não desejava entregar-lhe os braceletes, mesmo que Isaac assim o decidisse. Contudo, o gigante não seria capaz de se opor publicamente.

Naquele instante, o colosso se lembrou de algo. E é provável que isso tenha ocorrido por causa da angústia que começou a sentir. Sua mente buscava encontrar uma maneira de não ceder às exigências do ano e, ao mesmo tempo, de não precisar contradizê-lo.

Como se um manto de sabedoria lhe cobrisse a mente, Arnie retirou do bolso a folha que coletara em sua viagem ao passado. Ele não duvidara, desde o início, que naquele desenho havia um enigma, mas só agora uma revelação lhe veio à mente. Foi como uma faísca acendendo uma tocha.

Ele compreendeu o que significavam aquelas linhas riscadas sobre o quadriculado na folha: elas indicavam o caminho para se chegar ao centro do labirinto. Só podia ser isso.

– Le Goff está certo. Se entrarmos todos, poderemos nos perder e juntos nos tornarmos alvos fáceis dos *goblins*... – Isaac começou a falar.

Nesse instante, Huna temeu que ele cedesse à lógica presunçosa do albino. Seus temores, entretanto, foram banidos pela voz do gigante, que interrompeu o matemático:

– Não se soubermos exatamente onde encontrar Bátor.

– E não sabemos, Arnie – reforçou Le Goff.

– Talvez sim, Le – refutou o colosso, mostrando ao grupo a folha que possuía.

– O que é isso? – quis saber Isaac, surpreso.

– Acredito ser o caminho para o centro do labirinto.

– Onde você conseguiu isso, Arnie?

– Quando viajamos no tempo, Le, na câmara onde vimos Bátor. O homem que o carregava deixou cair.

– Faz sentido – concluiu Gail. – Se as aparições pediram o paladino em troca de dinheiro, elas também teriam que informar aos malfeitores o caminho para levá-lo até elas. Já que eles teriam que passar por um labirinto.

Le Goff sentiu desconforto no modo como a situação se resolveu, pois não fora ele quem trouxera a melhor solução. Não conseguia conceber também a ideia de que Arnie trouxera um objeto do passado, mas sabia que não era hora para discutir aquilo.

Todos se juntaram ao redor da folha, que agora repousava nas mãos de Gail.

– Temos um quadrado com oito linhas e oito colunas – sussurrou Isaac, pensativo.

– O que você vê?

– Me parece uma matriz matemática, Gail.

– Alguém tem alguma ideia diferente da de Isaac? – perguntou a garota. – Por favor, um enigma está diante dos nossos olhos e precisamos decifrá-lo para conseguirmos salvar meu pai.

– Se os quadrados estivessem alternadamente pintados, eu diria que é um tabuleiro de xadrez – avaliou Pedro.

A observação do aqueônio foi feita com bastante descontração e um pouco de humor. Contudo, provocou em Gail o gatilho mental necessário para fazê-la chegar a um resultado.

– Um tabuleiro de xadrez. Há tempos não jogo xadrez. Mas ainda me recordo bem das regras, dos movimentos das peças... Isso!

– O que foi, Gail? – perguntou Isaac. Naquele instante, ele se lembrou do dia em que, na Biblioteca Amarela, ela decifrou o enigma dos quadros de Penina.

– Faz sentido – respondeu ela. – Na entrada do pântano, a mulher com a tesoura mágica se referiu a nós como "uma rainha e um rei".

Isaac fingiu se recordar.

Aurora admirou-se ao ouvir aquilo.

– Por Mou! Isso aconteceu conosco também, Pedro – admitiu a fada.

Assim como Isaac, o aqueônio fingiu se lembrar.

– Na fonte seca, quando a velha surgiu, ela se referiu a nós como "uma sacerdotisa protegida por uma torre forte". Achei estranho aquilo, mas agora faz sentido. Uma sacerdotisa pode ser considerada a versão feminina para um bispo.

Ao ouvir o relato de Aurora, Gail não teve mais dúvidas.

– Os eventos que estão acontecendo nada mais são que movimentos como os de um jogo de xadrez – disse Huna, revelando que também havia entendido o mistério.

– E nós somos as peças – disse Pedro.

– Sim, Pedro. Nós somos as peças, cada possuidor de um Objeto – concluiu Gail.

O aqueônio se recordou de Caliel, dizendo-lhe que xadrez era um jogo praticado pelos deuses.

– Precisamos decifrar os rabiscos na folha quadriculada – Bernie chamou a atenção do grupo. – O tempo está passando.

Pedro pediu a Gail que lhe entregasse a folha. Ele retirou a pena de seu chapéu e, com ela, escreveu alguns números e letras na borda do quadrado maior, marcando as linhas e colunas.

– No xadrez, cada casa é reconhecida por um grupo de letra e número. A entrada só pode ser onde fica o ponto inicial na borda inferior do desenho, a casa D1 – explicou Gail.

– Huna avistou três portas no pórtico inicial: C1, E1 e D2 – Pedro prosseguiu com a explicação. – Escolhemos prosseguir por C1, mas pelo diagrama que temos, chegaremos em B2, e não em C1 propriamente. Se estivermos certos, em B2 encontraremos outras três passagens: A2, C2 e B3. Pegamos A2 e chegaremos à casa A4, e assim por diante.

– As portas não nos levam para as casas adjacentes que deveriam?

– Não, Aurora – respondeu Gail.

– Mas existe um padrão – observou Isaac.

– O movimento do cavalo! – exclamou Gail.

– O movimento do cavalo – repetiu Pedro, explicando na folha o padrão para Aurora.

Huna apenas observava encantada a perspicácia e entrosamento dos garotos reunidos. Ela sentiu orgulho e amor por todos, até mesmo pelo aborrecido anão albino. Em seu coração, finalmente, teve a certeza de que eles conseguiriam salvar Vicente e, num futuro próximo, realizar proezas nas terras de Enigma.

– Com seu movimento em "L", o cavalo passa por todas as casas do tabuleiro sem repetir uma sequer. Foi Arnie quem nos trouxe o segredo do labirinto. Arnie é o cavalo no jogo.

Le Goff, que se mantinha calado, olhou para Pedro, que falava.

– Você é o peão, albino.

O aqueônio segurou o riso e falou baixinho:

– Bom para você, caso não saiba jogar xadrez.

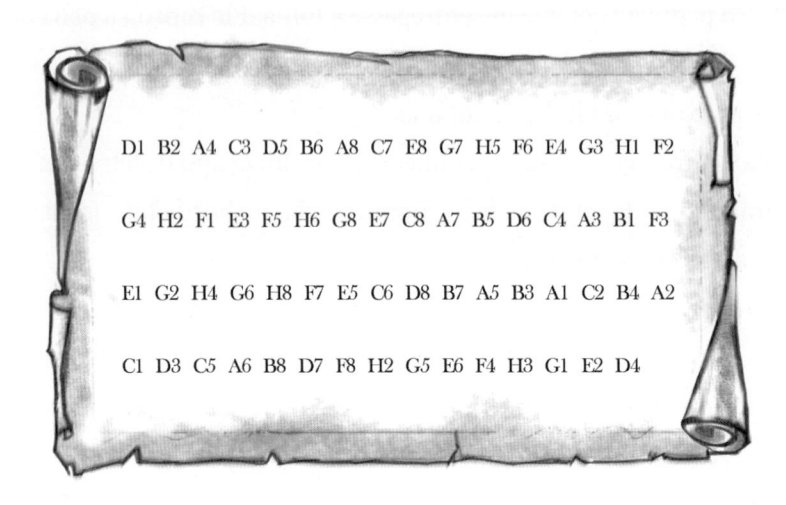

D1	B2	A4	C3	D5	B6	A8	C7	E8	G7	H5	F6	E4	G3	H1	F2
G4	H2	F1	E3	F5	H6	G8	E7	C8	A7	B5	D6	C4	A3	B1	F3
E1	G2	H4	G6	H8	F7	E5	C6	D8	B7	A5	B3	A1	C2	B4	A2
C1	D3	C5	A6	B8	D7	F8	H2	G5	E6	F4	H3	G1	E2	D4	

Le Goff entendeu a indireta, mas desconsiderou a galhofa. Pedro, então, voltando-se para a folha, terminou de anotar as casas por onde deveriam passar.

– Formidável, Arnie! – exclamou Isaac – Graças a você agora sabemos como chegar até Bátor. Não precisaremos nos dividir.

Isaac deu uma cotovelada na cintura do colosso e abriu um sorriso contagiante. Animado, o grupo começou a se mover, adentrando o portal.

PARTE V

PART IV

A CÂMARA DO DESTINO

A travessia pelo labirinto foi tensa.

Cada pequena câmara à qual chegavam representava uma casa no tabuleiro de xadrez e possuía outras três portas, sendo que apenas uma delas direcionava para o lugar correto.

Isaac e Gail, um verificando e confirmando a decisão do outro, escolhiam em qual porta entrar, enquanto Pedro usava a pena para marcar na folha os pontos pelos quais já haviam passado.

O progresso, embora acelerado, parecia lento devido ao grande número de casas, 64 ao todo.

– E se errarmos a passagem? – indagou Aurora.

– Provavelmente estaremos perdidos – respondeu Le Goff, desdenhando o trabalho executado por Pedro.

– Não erraremos – incentivou Huna.

O albino pensou em retrucá-la, mas desistiu. Ele se sentia incomodado desde que Pedro e as fadas se juntaram ao grupo de resgate. Definitivamente, não se dera bem com o aqueônio.

Embora com disfarçada soberba, Le Goff temia perder a dominação que exercia sobre Arnie. Ele e o gigante possuíam conceitos diferentes sobre amizade. Sim! O problema era completamente conceitual, mas nenhum deles se dera conta ainda. E tinha o lado bom para ele: o gigante o amava mais que a um irmão.

– Algumas portas levam para câmaras que servem de depósito ou aposento de *goblins*. Existem portas que jamais devemos atravessar, pois seus caminhos são de morte – explicou Huna. – Cheias de armadilhas.

– Quanto falta, Isaac?

– Não os interrompa, Aurora – orientou sua mãe.

A fada obedeceu, ainda assim recebeu de Isaac a resposta que queria:

– Já pisamos mais da metade das casas do tabuleiro.

As câmaras com as quatro portas não eram muito grandes, mesmo assim todos conseguiam permanecer juntos, inclusive o gigante.

Le Goff aproveitou o interesse e atenção que todos mantinham na escolha das portas e, em voz baixa, puxou conversa com Arnie.

– E aí, amigão? Parabéns por ter encontrado o mapa do labirinto.

Arnie abriu um sorriso sincero para o anão. O mesmo sorriso que nas montanhas da Cordilheira Imperial constrangera o albino muitas vezes.

– Eu não consigo entender. Como você foi capaz de tocar em algo... não. Não apenas tocar, mas trazer um objeto do passado.

– Os Braceletes de Ischa, Le.

– O que têm eles?

– Quando Objetos de Poder se encontram, seus poderes podem ser potencializados, lembra?

– Você está certo sobre isso?

– É a única explicação, não acha? Gail contou ser capaz de manipular os poderes do cubo apenas com a mente, quando próxima dos dados de Isaac. Ele fez uma previsão sem precisar rolar os dados. Eu modifico meu corpo, quando os braceletes estão próximos da pena de Pedro. Talvez junto com seu pergaminho... você sabe. Talvez eles me permitam interagir...

– Mas...

Desde o encontro com Huna no descampado da montanha, Arnie não era mais o mesmo. Ele adquirira sabedoria em dupla porção. E era com tal sabedoria que ele passara a compreender a linguagem não verbal de Le Goff.

O anão andava lamurioso porque não descobrira nenhum novo poder ou habilidade em seu Objeto, mesmo estando tão próximo de tantos outros.

– Le, eu acredito na fada – disse o colosso, referindo-se a Huna. – O poder emana do coração.

– Esta é a última passagem, pessoal!

A voz de Isaac interrompeu a conversa entre Arnie e Le Goff, mas por um bom tempo o anão ficou pensando no que o gigante dissera por último: "O poder emana do coração".

Atravessaram o batente do derradeiro pórtico, lenta e ansiosamente. Uma enorme câmara penumbrosa e circular se descortinou diante de seus olhos.

Eles se encontravam em uma passagem de pedra suspensa, levemente arqueada, que conectava dois lados opostos do enorme salão e terminava em outra porta escura. Vista de cima, a ponte de pedra suspensa, onde se encontravam, se assemelhava ao diâmetro de uma circunferência traçada no papel.

Rampas construídas na parede conduziam ao piso inferior quadriculado, exatamente o local onde parte do grupo estivera junto com Le Goff, quando transpuseram as barreiras do tempo.

Tochas presas à parede iluminavam parcialmente o ambiente. A câmara cheirava a enxofre e possuía um teto tão elevado que se assemelhava ao fosso que eles haviam descido antes de entrar no labirinto de 64 casas.

Os aventureiros sentiram que algo se movia sorrateiramente nas sombras. As paredes mofadas provocavam um horror silencioso e singular.

Várias aberturas na rocha em níveis diferentes circundavam o salão, formando algo semelhante a um pombal de grandes proporções. Sombras selvagens e sórdidas moviam-se em cada uma das aberturas. O grupo sabia que o local estava infestado de *goblins*.

– Papai!

O grito de Gail reverberou.

Sobre o aro de uma roda com seis raios, Bátor se encontrava amarrado. O fio mágico e dourado de Láquesis brilhava ao redor do pescoço do paladino. A roda ficava suspensa no ar, suportada por dois pés paralelos. E na rocha acima dela estava a terceira irmã cega.

O paladino tentava, em vão, se soltar. Não conseguia sequer gritar, como se sua boca estivesse calada por algum tipo de feitiço, mas seus olhos se vestiam com uma máscara de agonia mórbida.

Uma corrente de ar começou a se formar apenas pela intenção de Gail salvar o pai. Contudo, a menina cessou seus movimentos, quando Huna a repreendeu.

– Não faça isso, querida. Você movimentará a roda e, ao chegar no ponto mais baixo, seu pai será enforcado.

Alguém começou bater palmas, quebrando o silêncio mórbido e inquietante que preenchia o salão.

– O fio da vida na roca do destino. Bem-vindos ao espetáculo final, crianças.

– Marconi? – disse Aurora surpresa, ao identificar a figura prepotente do cobrador de impostos de Bolshoi, pai de Henry, o novato da colônia de férias, o homem que apunhalara Pedro e conseguira fugir.

O aqueônio também o reconheceu e Huna compreendeu o que sucedia.

De maneira destemida, Gail desceu a rampa na direção de Marconi e o grupo a seguiu.

– Um homem traindo seu próprio povo – disse a monarca.

– Eles podem ser seus inimigos, mas não meus, fadinha.

– *Goblins* traem seus aliados. Se eu fosse você, não confiaria neles.

Marconi riu.

– Eu não vou entrar no seu jogo – ironizou o malfeitor.

Naquele instante, Láquesis manifestou-se, interrompendo a conversa entre a fada e o homem.

– Huna, sua tola.

A senhora do pântano já não se achava mais sobre a roda. Ela surgiu no lado oposto do salão em relação a Marconi, mas na forma da mulher valesa.

– Valquíria!?

– Finalmente nos encontramos – respondeu a aparição.

– Você não é Valquíria – rebateu Huna, após um segundo de contemplação. – Você é Láquesis.

– O que importa é o que você vê e a verdade é que fui eu quem assassinou Lilibeth.

– Seu Objeto Trevoso, sua maldição sobre nós... nada disso conseguiu impedir que o legado das mulheres encantadas perdurasse.

Em silêncio, ninguém interrompeu o diálogo entre Láquesis e Huna.

A aparição sibilou outra vez como uma serpente:

– Tempo é o que não me falta para realizar meus desígnios. E ainda hoje eu te matarei.

Sem esperar uma ordem de sua mãe, Aurora moveu uma enorme pedra do chão e a lançou sobre a assombração.

Rápida e maligna, Valquíria desapareceu e se materializou em outro quadrante do tabuleiro pintado no chão.

Então, inesperadamente, a roda do destino girou, trazendo Bátor para uma posição inferior. A corda que permanecia amarrada em seu pescoço e no ponto mais alto da roda começou a se esticar.

– Não! – gritou Gail.

Marconi zombou, dizendo:

– A Roda da Fortuna vai girar e o destino de cada um vai ser traçado.

Todos perceberam que o fio se esticaria, à medida que a roda girasse, chegando ao ponto de asfixiar o paladino.

– Assim como destruí a vida de Parco... eu também os destruirei – zombou o fantasma de Valquíria.

– Essa coisa não é quem diz ser – sussurrou Arnie.

Os olhos de Valquíria chisparam.

– Quem é você? – perguntou Gail.

O corpo de Valquíria se materializou ao lado da menina, como um espião de Ignor, assustando-a.

– Eu sou o medo! – respondeu a coisa.

Por instinto, Gail moveu os braços para se proteger, produzindo um ciclone. A aparição já não se via mais a seu lado e a roda girou novamente, trazendo o corpo de Bátor para baixo.

– Não faça isso! – gritou a filha do paladino em desespero.

Marconi ria da aflição da menina. O malfeitor retirou a moeda de ouro de seu bolso, jogou-a para o alto, fazendo-a girar algumas vezes, e a pegou. Com arrogância no olhar, arqueou uma das sobrancelhas e debochou de Isaac com uma careta.

– Não era o paladino que você queria – gritou Arnie.

Ao som da voz do gigante, a assombração surgiu transmutada em Rafan.

Arnie girou seus punhos para acertá-la, mas golpeou o ar.

Gail gritou tentando impedi-lo, mas foi tarde. A Roda da Fortuna girou pela terceira vez.

O paladino começava a ser enforcado pelo fio de ouro.

Marconi jogou novamente a moeda. Ela subiu e desceu girando. Ele a pegou, nitidamente se deliciando com o terror promovido pelo jogo mortal que ocorria.

– Não tentem mais nada contra a senhora do pântano – advertiu Huna. – Não conseguiremos atingi-la e acabaremos matando Vicente. Ela é apenas um fantasma. A única coisa que pode fazer é mexer com nossas emoções, nos distrair... Foi ela que induziu os mercenários a raptarem Vicente – Huna olhou para Gail lembrando-se de algo que ouvira a menina contar. – Foi ela que distraiu e atraiu Vicente em Abbuttata.

– Ela arrancou um fio de meu manto, mamãe – disse Aurora

– E fez surgir vespas gigantes para nos matar – lembrou-se Isaac.

– Não passava de uma aparição. Somente depois que a moeda foi trazida para este lugar, ela conseguiu agir fisicamente no mundo exterior. Ela precisa do Objeto de Poder inteiro para se libertar – concluiu Huna.

Isaac apalpou os dados em seu bolso.

– Se desejam salvar a vida do paladino, entreguem seus Objetos de Poder.

Todos olharam de esguelha para o bandido, mas não acataram a ordem condicional.

Quando novamente Marconi lançou a moeda para o alto, um lampejo de memória assaltou Pedro.

"O segredo é você lembrar sempre que a rainha é a peça mais poderosa. Ela deve proteger o rei."

Era como se a voz de um anjo soprasse nos ouvidos do aqueônio as palavras de Caliel.

"Parece que as mulheres nasceram para isto: proteger os homens. Você está prestando atenção, Pedro?"

"Não devemos colocar o rei em xeque-mate."

Huna tinha razão, o espírito das trevas precisava dos Dados de Euclides para se libertar, ele estava atrás de Isaac. Bátor era apenas a isca.

O aqueônio se aproximou de Gail e sussurrou em seu ouvido.

– Se quisermos salvar seu pai, precisaremos proteger Isaac. É atrás dele que as senhoras do pântano estão. Ele é o rei.

– Mas por quê? Por que Isaac?

– Eu posso estar enganado, mas o poder que ele possui é o mesmo que o delas.

Gail olhou para a roda, pensativa.

Marconi fez um novo lançamento com a moeda, dizendo:

– Os momentos da vida sobem e descem pelos raios de uma roda...

A moeda subiu, mas antes que descesse, girando no ar, Gail teve um singular lampejo de clareza e compreendeu todo o mistério envolvendo as senhoras do destino.

"Pedro está certo. Os dados equivalem à roca, ao fuso, à tesoura e à linha das fiandeiras. A moeda é tão poderosa quanto a Roda da Fortuna. Ambos os Objetos são apenas diferentes faces de um mesmo poder", a mente de Gail conectou os fatos. "Maior é o que está conosco do que o que está contra nós", em pensamento, ela se recordou das palavras de Huna. "Se Arnie não tivesse trazido a folha quando esteve no passado, nós não teríamos conseguido atravessar o labirinto. Não foi apenas o poder dos braceletes que lhe permitiram fazer aquilo, foi a presença de Isaac. Ele passou mal porque os dados em seu bolso se encontraram com a moeda, porém cada parte de seu Objeto estava em linhas temporais diferentes. Ainda assim o poder fluiu deles. Ao permitir que Arnie trouxesse para o presente um item do passado, Isaac fez o gigante reescrever o futuro, dando-nos acesso aos caminhos seguros do labirinto."

Gail concluiu tudo isso de maneira tão veloz que conseguiu provocar um deslocamento de ar súbito, fazendo a moeda ser lançada para longe das mãos de Marconi, antes que ele a pegasse de volta naquele lance.

Ofegante, a face do calhorda exibiu desespero e surpresa.

A Roda do Destino não se moveu.

– Não ataquem o fantasma! – gritou a garota – Precisamos proteger Isaac.

A aparição se transformou em Láquesis, ressurgindo no topo da roda. Ela chiou e rangeu os dentes. Eles haviam, finalmente, descoberto seus segredos.

Nesse instante, inúmeros *goblins* começaram a saltar dos buracos na parede.

Huna gritou para Isaac lhe entregar a espada de Bátor. Ela retornou para a rampa e subiu para a ponte suspensa que atravessava o salão. Com a arma do paladino, defendeu-se dos monstrengos que a atacaram. No piso do salão, Aurora lhe deu cobertura, lançando *goblins* contra a parede e os desarmando.

Isaac correu na direção da moeda, mas não a alcançaria antes de Marconi, não fosse o sopro que Arnie deu em suas costas, fazendo-o cair e deslizar pelo chão na direção do objeto.

Isaac coletou rapidamente a moeda e a juntou com os demais dados no alforje. Os Objetos brilharam.

Por causa da distração, ele foi surpreendido por um chute do malfeitor, que o fez rolar para mais distante de seus amigos.

Em segundos, toda a câmara achava-se tomada por uma horda de *goblins* opressivos, que saltavam de um lado para o outro, a fim de matar os invasores.

Do alto, Láquesis esboçou um sorriso.

Bernie alçou voo, sacou sua adaga e começou a lutar contra os *goblins* que vinham em sua direção. Ele se desviava com destreza de vários dardos envenenados.

Le Goff gritou para Arnie lhe passar os braceletes.

O gigante tentou não demonstrar relutância, embora não quisesse lhe entregar seu Objeto. Pedro assistiu a essa cena incrédulo, pasmo, revoltado. Arnie arrancou seus braceletes e os entregou para o anão, que lhe deu em troca o pergaminho.

O albino abriu um sorriso, sentiu suas asas explodirem majestosas por detrás de suas costas e voou combatente.

Gail derrubava *goblins*, enquanto pensava em uma forma de tirar seu pai da roda da morte.

– Fique tranquilo, seu pestinha – gritou Marconi. – Eu não arrancarei os dados de suas mãos – riu atrevido e tempestuoso. – Os *goblins* me avisaram sobre o que acontece. Devo matá-lo primeiro.

Isaac recebeu mais dois chutes no dorso antes de impedir um terceiro ataque. Com agilidade, o garoto segurou a perna de Marconi e, sem titubear, deu-lhe uma rasteira e o viu tombar.

Gail ficou impressionada ao ver o amigo reagir daquela maneira tão inesperada, com tamanha agilidade.

Como uma tora de madeira, o matemático rolou no chão e ganhou distância para se levantar sem sofrer outro golpe.

Nos ares, como uma flecha, Le Goff acertou inúmeros *goblins* antes mesmo que eles saíssem das locas.

Arnie ficara indefeso, míope. Pedro estava de costas para o gigante, mas próximo a ele.

Pedro atacava os *goblins,* ora chicoteando-os com sua cauda, ora imobilizando-os com um grito: "Pare!" No segundo caso, Arnie completava o ataque socando-os. Mesmo sem enxergar direito, devido à sua miopia, não deixava de ser um gigante, era fisicamente mais forte que um *goblin*.

A dupla riu ao constatar que a estratégia funcionara, mas só ficaram livres dos arremessos de machados, lanças e dardos porque Le Goff os protegia do alto.

Pedro encarou momentaneamente o albino que voava, embora não tenha conseguido ler seus pensamentos. Teve a impressão de que o voador desejava pedir desculpas pelos atropelos durante a jornada.

"É fácil ser gentil e parecer misericordioso, quando se detém o poder", julgou o aqueônio.

Pedro balançou a cabeça negativamente para Le Goff, como que o reprovando por usar o Objeto de Arnie em plena batalha.

Após girar no ar e varrer todos os inimigos que desciam na direção da dupla, Le Goff, parou imponente diante do aqueônio e entregou os Braceletes de Ischa para Arnie, pegando de volta seu pergaminho.

– Acabe com eles, meu amigo! – disse ao gigante.

Então, sorridente, Arnie começou a lutar como um verdadeiro e invejável guerreiro.

No outro canto do salão, Marconi sacou um punhal e avançou contra Isaac. O garoto estava desarmado, pois deixara com Huna a espada do paladino.

No alto da roda, a bruxa segurou o fio de ouro e começou a puxá-lo, com intuito de deixar Bátor sem ar.

Na ponte suspensa, Huna se encontrava na altura do paladino. Girou várias vezes a espada no ar e investiu um golpe contra o fio de ouro, mas ele não se rompeu.

O choque provocou faíscas e fez a espada ser lançada no outro canto da ponte.

Gail gritou para Aurora ajudá-la com seu pai. A fada voltou-se para o paladino e, com seu poder, travou o laço ao redor do pescoço dele, para que não fosse apertado.

Láquesis ficou enfurecida. Era como se duas mãos invisíveis fizessem forças contrárias na corda mágica.

A nova dupla, agora formada pelo aqueônio e o albino, tentou manter a mesma estratégia usada quando Arnie estava ali. Pedro imobilizou um *goblin*, esperando que Le Goff o derrubasse, mas ao chutar a criatura, o anão foi quem tombou, pois não tinha força suficiente.

Pedro riu sem querer, mas não por muito tempo, pois, ao olhar para trás, percebeu que tinham perdido a cobertura mantida por Arnie.

O colosso não se via mais junto deles e do outro lado do tabuleiro de xadrez desenhado no chão, Isaac desviava dos golpes de Marconi. O cobrador de impostos abriu um sorriso perverso, ao perceber que atrás do menino um *goblin* segurava uma zarabatana em posição de ataque.

Isaac não se deu conta de que era alvo fácil. Um dardo envenenado o acertaria e seria seu fim. Contudo, uma pancada inesperada o tirou da mira do atacante. Um segundo *goblin* o acertara com ferocidade animalesca.

O dardo lançado contra o matemático passou direto, encravando-se no pescoço de Marconi. Em poucos segundos, o homem começou a dar sinais de asfixia. A pele de seu rosto ficou roxa e a boca espumou.

Gail, Aurora, Le Goff e Pedro assistiram à terrível cena do cobrador de impostos agonizando no chão. Mas somente a filha de Bátor pôde correr na direção de Isaac, a fim de protegê-lo. Ela tinha um plano.

Abrindo caminho com rajadas de raios, alcançou o amigo e pediu que ele lançasse a moeda de ouro contra o fio mágico de Láquesis.

Isaac obedeceu e, com um vórtice, Gail ajudou a conduzir o Objeto para ele acertar o fio, que facilmente se rompeu. Gail estava certa: somente um Objeto de Poder seria capaz de destruir um Objeto Trevoso.

Como se já esperasse o que ocorreria, Aurora impediu que o corpo de Bátor caísse. A fada o fez levitar até o local onde sua mãe se encontrava.

A moeda retornou para as mãos de Isaac, que assistiu, estupefato, Gail ser atingida pelo mesmo *goblin* que o lançara ao chão.

A garota não teve sorte, desmaiou e o Cubo de Random rolou sobre o tabuleiro de xadrez.

Afetado, Isaac correu para socorrer a amiga, mas o *goblin* lhe impediu a passagem.

O monstrengo fez sinal para outro *goblin* pegar o cubo.

Um momento de indecisão ocorreu.

– Vamos liberar um Lictor – respondeu o ser que recebera a ordem.

– Pegue logo! Com nossa magia conseguiremos inverter a transformação – respondeu o *goblin* que impedia a passagem de Isaac. – Somos seres mágicos, seu estúpido!

A ordem, afoitamente foi acatada. Agora o cubo estava nas mãos de um ser das trevas.

Do alto, Láquesis arregalou os olhos num espanto estarrecedor.

– Idiota, você foi enganado! – gritou a senhora do pântano.

Isaac só compreendeu o ocorrido quando viu o *goblin* que o cercava se metamorfosear em Arnie.

Já em seu estado de gigante, ele arqueou uma sobrancelha e sorriu. Enganara *o goblin*. Exatamente da maneira como ouvira Le Goff contar que fizera no descampado da montanha para se livrar dos espiões de Ignor.

Por um instante, as lutas na câmara do destino pareceram cessar.

Ruídos indefiníveis e inumanos soaram das sombras onde o corpo de Gail fora lançado. Uma corrente de ar abafada e quente preencheu o recinto e um guincho ecoou.

Uma transformação espantosa ocorria nas sombras. Arnie se afastou, apreensivo. Ele conseguira libertar o Lictor de Gail.

A RODA DA FORTUNA

Antes que o Lictor deixasse as sombras, Láquesis moveu as mãos para o alto e a circunferência da roda da fortuna começou a se soltar dos seis raios que a prendiam.

Nunca ficou tão nítido para Huna que o desenho dos três triângulos que ela montara no contrafeitiço junto com Vicente à beira do lago formavam na verdade a imagem dos aros, que agora estavam quebrados.

Láquesis transformou-se em uma nuvem negra, que foi absorvida pela circunferência da roda. Dali surgiu uma serpente gigante em fúria, que se enroscava freneticamente.

Arnie correu na direção de Pedro e Le Goff. Isaac, para perto de Aurora.

Huna abraçava o corpo de Bátor deitado sobre a ponte. Ele parecia despertar de um feitiço. Sua visão ficou nítida e ele percebeu que estava nos braços da fada. Um sorriso cheio de satisfação brotou nos lábios dela.

– Vicente.

– Huna, o que você faz aqui? – riu ele, tropegamente.

A monarca removeu o pedaço de corda do pescoço do paladino. Ele, mesmo fraco fisicamente, ainda conseguiu abrir-lhe um sorriso.

– Huna. É mesmo você...?

O calor contido no sorriso da mulher encantada serviu de resposta à pergunta do paladino. A consideração e amabilidade permanentes em seu olhar denunciaram ao chefe da guarda real que, mesmo sem vê-lo durante todos aqueles longos anos, nada havia mudado. Era como se duas décadas não tivessem se passado para aquele jovem casal de amigos na campina do pântano.

– Evite falar. Você precisa de descanso.

A gentileza e cuidado não ficaram apenas nas palavras. Huna o abraçou ainda mais forte.

– A maldição foi quebrada, Vicente. As nossas filhas encontraram os Objetos de Poder dos nossos povos.

A notícia o deixou sem reação. Olhou para a porção inferior do salão e viu que o grupo que chegara com a fada ainda lutava contra os *goblins*.

– Eu preciso ajudá-los.

– Não ouse se levantar. Você está muito fraco.

O sibilar macabro da serpente chamou a atenção de Bátor.

– Gail. Onde está minha filha?

Desta vez, a resposta da fada veio mediante uma leve inclinação com a cabeça.

Bátor olhou para um canto escuro da câmara e sentiu um calafrio.

Um pássaro de proporções titânicas saiu das sombras. Majestoso e com agudeza no olhar, soltou um guincho ensurdecedor que estremeceu as profundezas do Pântano Obscuro.

Suas penas douradas e brilhantes ganhavam tons sombrios na escuridão do submundo. Seu bico amarelo se abria em um ângulo quase de cento e oitenta graus para guinchar com ferocidade bestial. O Lictor de Gail era uma fênix.

Nas mãos do *goblin*, cada pequena parte do Objeto de Poder pulsava. Moviam-se para fora e retornavam à posição natural.

O bico da fênix engoliu de uma só vez o *goblin* e o cubo rolou sobre o tabuleiro de xadrez.

Com exceção da serpente, todos recuaram de horror.

Indomável, a ave alçou voo e, com o deslocamento de ar provocado por suas enormes asas, ela derrubou os *goblins* que espreitavam nas galerias. Com furor, agarrou a cauda da monstruosa cobra, mas esta lhe escapou no instante seguinte.

O réptil gigante fugiu para o lado oposto do salão, contorcendo-se e sibilando.

Do alto, os olhos penetrantes e aguçados da fênix observaram o paladino no colo da fada. Cansaço e dor descreveram a cena que viu. Era como se parte da consciência de Gail o contemplasse.

Bátor acompanhou o voo da fênix, procurando encontrar nela alguma característica física que o fizesse lembrar a filha. Notou as pupilas estranhamente azuis da ave, sentiu poder emanar do voo e recordou-se do dragão no aqueduto.

Naquele primeiro momento, os modos do dragão sequer fizeram menção à figura de Isaac, mas o enorme pássaro à sua frente refletia a intrepidez e coragem de sua garota.

Havia algo de misterioso e enigmático na libertação dos lictores.

Huna ficou encantada ao perceber a humanidade no animal. Não tivera a oportunidade de ver Aurora se transformar no corvo e, quando assistiu ao Lictor de Arnie destruir os espiões, também conhecia pouco sobre o gigante para notar semelhanças entre ele e a fera na qual se transformara. Mas uma coisa ela constatou, o possuidor do Objeto permanecia vivo dentro do animal.

No piso da câmara, a serpente arrastou-se com rapidez, pegou impulso nas bordas da parede, na tentativa de dar um bote, mas falhou. A fênix caiu como um raio sobre sua cabeça e agarrou sua traqueia.

Bernie, Le Goff e Pedro arregalaram os olhos ao verem as criaturas de perto. Precisaram correr para outro canto, a fim de escaparem da cauda da serpente.

Isaac juntou-se a Arnie e Aurora.

De alguma maneira, o horror da luta travada entre a serpente e o pássaro era encantador.

Os gigantescos animais se olhavam em ameaça mútua.

A cobra permanecia presa pela traqueia, mas agitou ainda mais a cauda e fez ruir uma das paredes do salão.

Com a fragilização da estrutura subterrânea, parte do teto cedeu.

Aurora precisou ser rápida e desviar os blocos de pedra em queda para não acertar sua mãe e o pai de Gail, mas não conseguiu impedir que um dos lados da ponte ruísse.

Raios de luz solar riscaram a escuridão. Invadiam a caverna pelas frestas produzidas pela destruição causada pelos animais gigantes. Lá fora, o dia começava a raiar.

Com a queda da parede, as pequenas câmaras do labirinto ficaram expostas. As 64 casas eram divididas igualmente dentro de dois círculos ao redor do salão, como anéis no tronco de uma árvore.

Agora bastava percorrer dez metros através do buraco na parede para sair daquele antro. A magia que repousava sobre as câmaras, transformando-as no labirinto, fora quebrada.

Aurora impedia que destroços atingissem seus amigos. Arnie limpava o caminho para que, na primeira oportunidade, conseguissem deixar a caverna.

Bernie, Le Goff e Pedro festejavam a vantagem da fênix, enquanto Isaac assistia a tudo boquiaberto.

O pássaro espremeu a serpente até esmagar a traqueia dela. As glândulas de veneno do réptil estouraram, lançando um líquido ácido pelos ares, e seus dentes se quebraram. A batalha estava vencida.

O corpo da serpente se desmaterializou em fumaça e uma nuvem sulfurosa formou o rosto de uma mulher enrugada e raivosa, Láquesis.

Antes que a imagem fantasmagórica se desfizesse, o aqueônio teve a impressão de ouvi-la dizer que não era o fim. Ele sentiu todos os pelos de seu corpo, incluindo os da cauda, se arrepiarem num frenesi enervante.

Os amigos do aqueônio comemoravam a vitória.

Com a luz solar cada vez mais intensa, as grotas que antes abrigavam *goblins,* ficaram expostas.

A fênix se acalmou, bateu uma última vez as asas e foi se transformando em Gail. O corpo nu da menina repousou ao lado do cubo.

Bernie retirou uma calça e uma blusa de sua bolsa de viagem e as entregou a Aurora, que correu para vestir e confortar a filha de Bátor.

Mostravam-se todos muito felizes por salvarem o paladino e destruírem o poder das fiandeiras.

Huna olhou para o piso quadriculado e viu um rei, uma rainha, uma sacerdotisa, uma torre, um cavalo e um peão.

– Parece que estou sonhando, Huna – disse o pai de Gail.

Quando o paladino sorriu para a fada, viu sangue sair de sua boca. Ele não compreendeu o que acontecia até o instante em que uma lâmina trespassou o peito da mulher, quase o atingindo.

Os olhos negros de Huna pareciam querer saltar das órbitas. O sangue jorrou da boca da monarca como vômito. Uma tragédia acontecia.

Bátor gritou apavorado, sentindo os respingos salpicarem-lhe o rosto.

Um calafrio correu pelo corpo de Aurora ao assistir sua mãe ser mortalmente ferida por um *goblin*. O assassino utilizara a espada de Bátor para alvejá-la.

Entorpecida pelo ódio, a pequena fada lançou o monstrengo várias vezes contra a parede, estraçalhando-o sem piedade.

A incredulidade se desenhou do rosto de todos e um febril desencanto os possuiu.

O corpo da fada tombou sobre o corpo do paladino.

– Huna! – gritava o guerreiro em prantos, enquanto removia a espada de suas costas.

– Se duas pessoas não estão fadadas a ficarem juntas...

Com muito sofrimento, ela mal conseguiu iniciar a frase que ficou inacabada. Seus olhos vítreos permaneceram abertos, como que levando para a eternidade a face do paladino em sua retina.

Aurora deu um salto e voou até o corpo de sua mãe. A garota chorava com desespero, lamentando-se por ter se descuidado e não a proteger como deveria.

Bernie acompanhou o voo da fada, enquanto o resto do grupo corria pela rampa que não fora destruída.

Gail se jogou no colo de seu pai. Ambos choravam como crianças desamparadas. Ele abraçou a filha com força, enquanto tentava segurar o corpo de Huna, agora amparado também por Aurora.

Não contavam com aquele final, aquela reviravolta no último instante. Embora tivessem vencido a batalha pelo resgate do paladino, a guerra que travavam só chegara ao fim naquele momento insidioso.

Até mesmo Le Goff, que tentava segurar as lágrimas, não se conteve e começou a chorar. O albino teve um relance dos momentos em que confrontou a mulher encantada e se sentiu inútil, perverso e amargo. Era como se seu peito e barriga formassem um saco vazio, onde nenhum sentimento bom conseguia repousar. Uma sensação nunca antes experimentada o fez sentir vertigem. Sua cabeça explodia de dor. Então, ele se entregou a uma lamúria de arrependimento incontido.

Não acreditavam que as coisas terminariam daquela maneira.

Pedro não conseguia fazer Aurora se aquietar em seus braços. A loucura parecia tê-la possuído.

– Um unicórnio! Por favor, alguém traga um unicórnio! Não a deixem morrer!

A fada gritava descontrolada à espera de um unicórnio.

– Vovó! Onde estão as ervas, vovó? Não! Por favor, não a deixem ir. Mamãe?! Onde estão os unicórnios, onde eles se encontram? Por favor...

Aurora olhava para as frestas por onde a luz invadia a escuridão do salão. A menina esperava por um socorro que não chegaria, minada por uma angústia que esperança alguma seria capaz de aniquilar.

– Não a deixem partir... por favor, não... alguém faça alguma coisa! Mamãe...

Aurora ficou um longo tempo fora de si.

Por fim, seus gritos foram diminuindo e um silêncio de luto tomou conta de todo o salão. Apenas choro podia ser ouvido.

Huna estava morta.

RÉQUIEM

Como um pai que repousa sua filha na cama à noite para fazê-la dormir, Bátor repousou a cabeça frágil de Huna sobre o altar de pedra que construíra.

Os raios de sol aqueciam o charco, iluminando cada atoleiro e poça do pântano, mas para a sacerdotisa a noite havia chegado. A jornada terminara. Seus olhos se fecharam para nunca mais se abrirem em Enigma.

Deitada sobre as pedras, ao lado do salgueiro negro, ela parecia dormir. Serena.

Seus braços cruzavam-lhe o ventre, segurando seu cajado. Seu manto esverdeado, surrado pelos embates que sofrera durante sua última busca, balançavam com suavidade ao vento da manhã de verão.

Em seu semblante havia uma tranquilidade inquebrável, angelical. Ela parecia sonhar um daqueles sonhos dos quais não se deseja nunca acordar. Um sonho bom no qual seus antepassados a chamavam para as terras do norte, para a Terra Encantada, para onde ela retornaria montada em seu unicórnio.

As lágrimas no rosto de Aurora eram intermináveis. Sua dor indescritível. O sentimento de abandono perduraria por um longo tempo, fazendo-a se sentir solitária contra as ameaças que viriam.

Ninguém ousava falar.

Bátor acendeu a pira e colocou fogo nos gravetos deixados entre as pedras. Rapidamente as chamas se elevaram e o corpo da fada começou a arder no meio da fogueira.

Pedro queria consolar Aurora, dizendo que em breve todo o sofrimento passaria. As lágrimas nos olhos da menina o impediam de ler seus pensamentos, mas ele a mantinha em seus braços como forma de dizer que ela poderia se sentir segura. Huna havia passado, mas ele estaria ali para ampará-la. E, de forma alguma, a abandonaria.

O fogo estalava, carregando cinzas pelo ar.

– Ela apenas dorme – disse Gail baixinho.

Melros, rouxinóis e sabiás cantavam nas árvores adjacentes como que festejando a chegada da fada à eternidade.

– Ela não está mais entre nós – disse Pedro para que todos ouvissem –, mas a mensagem que nos deixou vive: não devemos jamais nos curvar perante as trevas. As palavras de Huna eram lâmpadas na escuridão deste mundo. Nas sombras, seus conselhos eram luz e nos traziam esperança. Sua memória será honrada. Huna lutou durante toda a vida e sua missão era impedir que, quando encontrados, os Objetos de Poder caíssem em mãos erradas. Ela viveu o suficiente para ver isto. Por onde passou, abençoou o caminho de todos os seres que encontrou, transformando loucura em sanidade, ódio em perdão, arrancando doçura do que era amargo e verdadeiro amor do que parecia sacrifício. Sempre se entregando ao próximo e abdicando-se de suas paixões. Ela escolheu servir. Eu me sinto demasiadamente abençoado por tê-la conhecido.

À medida que o corpo da fada era cremado, algo surpreendente começou a ocorrer.

Não era primavera e eles estavam em um pântano. Entretanto, raízes verdes e claras começaram a brotar da terra encharcada, flores desabrochavam coloridas em um canto e outro. Lodo e mofo desapareciam aqui e acolá.

Embora enlutado, o grupo acompanhou surpreso o cenário ao redor do abismo se modificar, como se o terreno sombrio do pântano recuasse, a partir do local onde o sangue de Huna fora derramado.

Uma magia poderosa acontecia.

Era como se a má sorte, a desgraça e o infortúnio fossem banidos daquela porção do pântano.

– Se os anjos ainda estivessem nesse mundo, com certeza viriam aqui para contemplar isto – cochichou Le Goff com o gigante.

– Eu nunca acreditei que eles tenham existido, Le. Você sabe disso.

O colosso respondeu o amigo, mas, pela primeira vez em relação àquele assunto, receou estar errado, pois pensou em ouvir sinos tocando nas alturas. Sentiu um arrepio, olhou para o céu e não encontrou nada.

Isaac se mantinha forte, observando Gail chorar abraçada em seu pai.

Bátor abriu um sorriso ao ver as cores e o cheiro agradável inundarem o local. O vislumbre que teve foi como ir ao paraíso.

Lembrou-se do dia em que, naquele lugar, prometera à fada que jamais a deixaria partir. "Nem o destino nem a sorte são maiores do que o nosso amor."

A lembrança não o fez chorar, apenas perceber que a sabedoria acompanhava a monarca desde sua juventude.

Huna lhe dissera, certa vez, que as engrenagens que movem os trilhos da vida são o maior enigma já planejado, um verdadeiro quebra-cabeça. "O futuro, assim como o passado, é obstinado e sempre promoverá um rearranjo para que todo o misterioso planejamento ocorra. Não importa o que tentemos fazer."

Mesmo amando Vicente Bátor, no fundo, Huna sempre soube que jamais ficariam juntos. Ainda assim, isso nunca a fez deixar de amá-lo.

Por intermédio de Valquíria, os *goblins* lançaram a maldição sobre as mulheres encantadas, porque precisavam construir os Objetos Trevosos. Por causa disso, muitos anos depois, impediram também que o amor entre a fada e o paladino se concretizasse.

No entanto, o que os seres das trevas não sabiam é que, na impossibilidade da concretização desse amor, uma mulher atravessaria as Terras de Ignor numa busca incansável e no retorno de sua jornada encontraria um anão albino e um gigante. E por meio de sua bênção, a dupla peculiar encontraria o Pergaminho do mar Morto.

Na impossibilidade desse amor, essa mulher se mudaria para Bolshoi e lá sua filha encontraria o Manto de Lilibeth. Na impossibilidade desse amor, ela própria encontraria um unicórnio e se tornaria uma monarca, e salvaria a vida de um aqueônio. E quem, hoje, seria capaz de contar a importância da vida desse aqueônio na história por vir?

Na impossibilidade desse amor, ela salvaria seu amado.

Tudo estava conectado como as engrenagens de um relógio, girando, girando, girando... Costumava dizer a fada.

– Um dia nos encontraremos novamente, mamãe, para eu nunca mais perdê-la.

A manhã prosseguiu triste.

Bernie e Bátor encontraram seiva nutritiva e raízes comestíveis para todos. Aurora foi a única que não comeu nada e não se juntou ao grupo.

A fada passara horas ao lado das pedras do altar sobre as quais jaziam as cinzas de sua mãe, folheando o grimório que herdara.

Pedro estava preocupado com o estado emocional da fada.

– Não temos cavalos para todo mundo – disse Le Goff.

– Eu te levarei em meus ombros – respondeu Arnie.

O aqueônio escutou aquilo com certo desgosto. Percebia que o anão não era digno da bondade e gentileza do gigante, mas isso também não era da sua conta. Sua maior preocupação, no momento, era fazer sua amada prosseguir, após a perda da mãe.

– Vamos dar mais um tempo a ela – disse Bátor, observando a preocupação de Pedro.

Após ler os pensamentos do paladino, o aqueônio respondeu:

– Você é um homem bom.

Gail gostou de ouvir aquilo e sorriu junto com seu pai.

– A fada também parecia ser uma pessoa fantástica.

– Ela era, Gail – respondeu Pedro.

– Obrigado por terem vindo nos socorrer – agradeceu Isaac, como que arrancando as palavras da boca de Gail.

O aqueônio anuiu.

– Então, eu me transformei numa águia?

– Aquilo não era uma águia, era uma fênix – corrigiu Le Goff, intrometendo-se na conversa que Gail iniciava com Isaac.

A menina deu de ombros. Olhou para o amigo e notou seu olhar fixo em Bátor.

– Você foi muito corajoso! – disse a menina.

O matemático sentiu-se corado. Gail mudou de assunto.

– Que sensação estranha. Eu imagino a dor de Aurora – eles olharam juntos para a fada que estava a distância –, porque eu quase perdi meu pai neste pântano. Não deve ser fácil lidar com perdas assim.

Isaac concordou com um aceno. Eles brincavam com as flores coloridas ao redor da pedra que lhes servia como assento.

– Você também foi muito corajosa, Gail – foi o máximo que Isaac conseguiu dizer.

– Eu o vi enfrentar Marconi... Não foi só ele que se surpreendeu, quando você reagiu.

Isaac abriu um sorriso.

– E você trouxe ordem para o grupo no momento em que a razão tinha nos deixado, me ajudou a decifrar o enigma do labirinto, seguiu comigo de Abbuttata em direção ao pântano, sem questionar, e cantou para mim, quando eu me encontrava em trevas.

Isaac tentava desviar os olhos. Ele permanecia completamente sem graça por ouvi-la falar daquela forma sobre ele.

– Eu acredito, Isaac, que um dia você se tornará um guerreiro tão poderoso, que será admirado em todo o reino de Enigma.

Se Gail possuísse o poder de ler mentes, ela saberia que naquele momento Isaac desejava abraçá-la e dar-lhe um beijo carinhoso. O máximo, porém, que ele conseguiu fazer foi sorrir em retribuição.

Eles olharam para o lado e viram Pedro se aproximar de Aurora.

O aqueônio estendeu a mão e ela se levantou. Eles se abraçaram e permaneceram juntos por um tempo.

Isaac avistou Bernie. Junto com Bátor, o voador planejava a chegada do sexteto à capital. Bernie se anteciparia. Voaria na frente de todos para avisar à rainha.

Le Goff resmungava com o gigante algo sobre a travessia pelo labirinto. Tentava trazer para si os méritos pelo fato de o colosso ter carregado o mapa do passado. Arnie não o contrariou. Na verdade, o gigante não lhe deu resposta alguma.

A paz foi quebrada pelo grito de Pedro.

– Aurora!

Quando todos olharam para o casal não sabiam o que acontecia.

Viram a fada se afastar do aqueônio e responder:

– Você sabia o tempo todo que ela caminhava para a morte. Foi na fonte onde nos encontramos com a velha, não foi? Esse tempo todo...

– O que você queria que eu fizesse?

– Que fosse sincero comigo, Pedro.

– Eu não posso sair por aí contando os segredos das pessoas para todo mundo. Me escute...

– Como você ousa me tratar assim?

– Aurora...

– Não use o poder da pena sobre mim!

– Se você partir...

De repente, a fada vestiu o capuz de seu manto e se elevou. Ela percebeu que o aqueônio lia sua mente, com isso se distanciou e escondeu os olhos dentro do capelo.

– Não faça isso! – insistiu ele.

Bátor entendeu que Aurora não estava a fim de seguir para Corema com eles. Pensou em correr na direção dela e tentar convencê-la a mudar de ideia. Contudo, era tarde demais.

A fada voou para um lugar mais alto. As abas do Manto de Lilibeth esvoaçavam como se um ciclone se movesse ao redor da menina.

Arnie e Bernie se assustaram com a discussão.

Isaac e Gail estavam sem reação, pasmos. Nunca imaginaram viver emoções tão fortes como aquela. Primeiro, ver a fada perder sua mãe, e agora ela rejeitar o aqueônio. Logo ele, que tanto amor lhe devotava.

Le Goff achou tudo muito suspeito, sempre desconfiando dos propósitos e intenções dos outros.

– Aurora, não! Aurora, não se vá!

Com uma intrepidez insana, a fada riscou o céu, como se desenhasse uma parábola, e desapareceu por sobre as árvores ao norte do Pântano Obscuro.

Nem todos os possuidores dos Objetos de Poder se encontrariam com a rainha Owl.